历代笔记小说大观

渑水燕谈录
西塘集耆旧续闻

［宋］王辟之 陈鹄 撰

韩谷 郑世刚 校点

图书在版编目(CIP)数据

渑水燕谈录　西塘集耆旧续闻／(宋)王辟之
陈鹄撰;韩谷 郑世刚校点. —上海:
上海古籍出版社,2012.11(2023.8 重印)
(历代笔记小说大观)
ISBN 978-7-5325-6348-7

Ⅰ.①渑…②西…　Ⅱ.①王…②陈…③韩…④郑
…　Ⅲ.①笔记小说-小说集-中国-宋代　Ⅳ.
①I242.1

中国版本图书馆 CIP 数据核字(2012)第 045028 号

历代笔记小说大观

渑水燕谈录　西塘集耆旧续闻

[宋]王辟之　陈鹄　撰

韩谷　郑世刚　校点

上海古籍出版社出版发行

(上海市闵行区号景路 159 弄 1-5 号 A 座 5F　邮政编码 201101)

(1) 网址: www. guji. com. cn
(2) E-mail: guji1@guji. com. cn
(3) 易文网网址: www. ewen. co

常熟文化印刷有限公司印刷

开本 635×965　1/16　印张 8.5　插页 2　字数 115,000
2012 年 11 月第 1 版　2023 年 8 月第 2 次印刷
印数: 2,101-3,200
ISBN 978-7-5325-6348-7

Ⅰ·2502　定价: 22.00 元

如有质量问题,请与承印公司联系

总　目

渑水燕谈录

［宋］王辟之　撰
韩　谷　校点

校 点 说 明

《渑水燕谈录》，宋王辟之（1032—？）撰。辟之字圣涂，山东临淄人。治平四年（1067）进士。前后三十年在地方州县为官，绍圣四年（1097）于忠州任上致仕。

此书的成书据作者自序题为绍圣二年（1095），又作者同年进士满思复曰：“元祐四年（1089），予来守蒲，圣涂方为邑河东，因得其录而观之。”可知前此已大致成书。渑水，古水名，源出今山东临淄西北。作者写此书是其“将归渑水之上，治先人旧庐与田大夫樵叟闲燕而谈说也”，所记录的“贤士大夫谈议”，“得三百六十余事”，内容涉及政事、官制、文儒等诸多轶闻、掌故。凡北宋名臣，均有记述。《四库全书总目》称其“所记质实可信”，元人袁桷曾将此书列入《修辽金宋史搜访遗书条列事状》之采样书目中。于此可见这是一本颇具史料价值的笔记。

据作者自序及《直斋书录解题》、《郡斋读书志》，知此书为十卷，但较通行的《稗海》本虽亦称十卷，实非全帙。知不足斋以明正德白沙贡大章钞本、赵清常家藏本为底本刻印，收入《知不足斋丛书》。1919 年涵芬楼即以知不足斋本为底本，又校以黄丕烈校本、《四库全书》本、《说郛》本及朱熹《名臣言行录》所引，出版发行，是一较为完整的旧本。今以涵芬楼本为底本，校以文渊阁《四库全书》本，并以《皇宋事实类苑》等有关宋人笔记、史料参校，凡有异文，择善而从，概不出校；原校也一律删除，以就《历代笔记小说大观》丛书体例云。

目　　录

渑水燕谈录序

　　《渑水谈》者,齐国王辟之将归渑水之上,治先人旧庐,与田夫樵叟闲燕而谈说也。余登科从仕,行三十年矣,日欲退居故国,而为贫未果。今且老矣,仕不出乎州县,身不脱乎饥寒,不得与闻朝廷之论、史官所书;闲接贤士大夫谈议,有可取者辄记之,久而得三百六十余事。私编之为十卷,蓄之中橐,以为南亩北窗、倚杖鼓腹之资,且用消阻志、遣余年耳。渑,齐水之名。其事随所录得之,故无先后之序。绍圣二年正月甲子序。

　　前人记宾朋燕语以补史氏者多矣,岂特屑屑记录以为谈助而已哉?齐国王辟之圣涂,余同年进士也,从仕已来,每于燕闲得一嘉话辄录之。凡数百事,大抵进忠义,尊行节,不取怪诞无益之语,至于赋咏谈谑,虽若琐碎而皆有所发,读其书亦足知所存矣。元祐四年,予来守蒲,圣涂方为邑河东,因得其录而观之。十二月朔,昌邑满中行思复碧莎厅题。

卷第一

西都北寺应天禅院，乃太祖诞圣之地，国初为传舍。真宗幸洛阳，顾瞻遗迹，徘徊感怆，乃命建为僧舍。功成，赐院额，奉安神御，命知制诰刘筠志之。仁宗初，又建别殿，分二位，塑太宗、真宗圣像，丞相王钦若为之记。后园植牡丹万本，皆洛中尤品。庆历末，仁宗御篆神御三殿碑，艺祖曰"兴先"，太宗曰"帝华"，真宗曰"昭孝"。今为忌日行香地，去留府甚远，故诗曰"正梦寐中行十里"，此之谓也。

开宝中，教坊使魏某，年老当补外，援后唐故事，求领小郡。太祖曰："伶人为刺史，岂治朝事，尚可法耶！"第令于本部中迁叙，乃以为太常太乐令。

兴国中，张观、乐史镴厅合格，不得进士第，止以为幕职官。太宗之爱惜科名如此。

庆历中，郎官吕觉者勘公事已回，登对，自陈衣绯已久，乞改章服。仁宗曰："待别差遣，与卿换章服。朕不欲因鞫狱与人恩泽，虑刻薄之徒望风希进，加人深罪耳。"帝宽厚钦恤之德如此，庙号曰"仁"，不亦宜乎！

明道二年二月十一日，仁宗行籍田礼。就耕位，侍中奉耒进御，上搢圭秉耒三推，礼仪使奏礼成。上曰："朕既躬耕，不必泥古，愿终亩以劝天下。"礼仪使复奏，上遂耕十有二畦。翌日，作《籍田礼毕诗》，赐宰臣已下和进，寻诏吕文靖公编为《籍田记》。时许开封国学举人陪位，因得免解。

宝元、康定间，西方用兵，急于边用，言利者多掊摭细微，颇伤大体。仁宗厌之，乃诏曰："议者并须究知本末，审可施用。若事已上而验白无状、事效不著者当施重罚。"于是轻肆者知畏而不敢妄言利害也。

仁宗朝,南剑州上言:"石碑等银矿可发。"上谓三司使曰:"但不害民,则为国利;或于民有害,岂可行也。"上之恤爱元元至矣。

晁文元公迥在翰林,以文章德行为仁宗所优异,帝以君子长者称之。天禧初,因草诏得对,命坐赐茶。既退,已昏夕,真宗顾左右取烛与学士,中使就御前取烛,执以前导之,出内门,传付从使。后曲燕宜春殿,出牡丹百余盘,千叶者才十余朵,所赐止亲王、宰臣,真宗顾文元及钱文僖,各赐一朵。又常侍宴,赐禁中名花。故事,惟亲王、宰臣即中使为插花,余皆自戴。上忽顾公,令内侍为戴花,观者荣之。其孙端禀尝为余言。

咸平二年,大理寺上言曰:"本寺案牍未决者常几百事,近日逾月并无公案。汉文决死刑四百,唐太宗决死罪三百,史臣书之,以为刑措;今以四海之广而奏牍不闻,动辄逾月,足以知民识礼义而不犯于有司也,请载之史笔。"

祥符中,诸王有以翰林使医有效,乞除遥郡。真宗曰:"医之为郡,非治朝美事,厚赐之可也。"仍令宰相谕此意。

真宗一日晚坐承明殿,召学士对。既退,中人就院宣谕曰:"朕适忘御袍带,卿无讶焉。"学士将降谢,中人止之云:"上深自愧责,有旨放谢。"真宗礼遇词臣厚矣。

太祖讨平诸国,收其府藏,贮之别府,曰封椿库,每岁国用之余皆入焉。尝语近臣曰:"石晋割幽燕诸郡以归契丹,朕悯八州之民久陷夷虏,俟所蓄满五百万缗,遣使北虏,以赎山后诸郡;如不我从,即散府财募战士,以图攻取。"会上晏驾,乃寝。后改曰左藏库,今为内藏库。

太祖登极数年,石守信等犹典禁卫,赵忠献屡请于上授以他任。上乃曲燕守信等,道旧甚欢,从容曰:"朕与卿等义均手足,岂有他耶,而言者累及之。卿等各自择善地,出就藩镇,租赋之入,奉养甚厚,优游卒岁,不亦乐乎!朕有数女,与卿结亲,庶无间耳。"皆感称谢。于是诸帅归镇或有至二十余年者,常富贵荣宠,极于一时。前代之保全功臣,无以过也。

真宗尝谕宰臣一外补郎官,称其才行甚美,俟罢郡还朝,与除监司。及还,帝又语及之。执政拟奏,将以次日上之,晚归里第,其人来谒。明日,只以名荐奏。上默然不许。察所以,乃知已为伺察密报矣。终真宗朝,其人不复进用,真宗恶人奔竞如此。

庆历中,滕子京守庆州,属羌数千人内附,滕厚加劳遗,以结其心。御史梁坚言滕妄费公库钱。仁宗曰:"边帅以财利啖蕃部,此李牧故事,安可加罪?"

仁宗朝,流内铨引改京官人李师锡,上览其荐者三十余人,问其族系,乃知使相王德用甥婿。上曰:"保任之法,欲以尽天下之才,今但荐势要,使孤寒何以进?"止与师锡循资。后翰林学士胡宿子宗尧磨勘,以保官亦令循资。帝之照见物情、抑权势、进孤寒,圣矣。

英宗治平中,燕国惠和公主下降王师约。异时尚主之家,例降昭穆一等以为恭,帝疾之,曰:"此废人伦之序,不可以为法。"思有以厚风俗,亟命正之,尚未遑著于令。及神宗践阼,乃诏公主出降,皆行见舅姑礼。是时师约父克臣为开封府判官,前一日,中使促就第,受主见,行盥馈礼。礼成,遂大设乐,天下荣之。三宫嫔御还者,莫不嗟叹。近姻贵戚,相与震动,以为天姬之贵尚执行妇道,盖自惠和始耳。唐南平公主下降王珪之子,珪坐,令亲执笲,行盥馈之礼,曰:"吾岂为身荣,所以成国家之美耳。"唯我祖宗首正王化,穆然成风矣。

鲁人李廷臣顷官琼管,一日过市,有獠子持锦臂韝鬻于市者,织成诗,取而视之,仁庙景祐五年赐新进士诗也,云:"恩袍草色动,仙籍桂香浮。"仁祖天章掞丽,固足以流播荒服,盖亦仁德酖厚,有以深浃夷獠之心,故使爱服之如此也。廷臣以千文易得之,帖之小屏,致几席间,以为朝夕之玩。

　　　说　　　论凡十一事

庆历中,开宝寺塔灾。国家遣人凿塔基,得旧瘗舍利,迎入内庭,送本寺,令士庶瞻仰。传言在内庭时颇有光怪,将复建塔。余襄公靖言:"彼一塔不能自卫,何福逮于民? 凡腐草皆有光,水精及珠之圆者夜亦有光，乌足异也？梁武造长干塔，舍利长有光，台城之败，何能致福！乞不营造。”仁宗从之。

夏竦薨，仁宗赐谥曰文正，刘原父判考功，上疏言：“谥者，有司之事，且竦行不应法，今百司各得守其职，而陛下奈何侵之乎？”疏三上。是时司马温公知礼院，上书曰：“谥之美者，极于文正，竦何人，可当？”光书再上，遂改谥文献。知制诰王原叔曰：“此僖祖皇帝谥也。”封还其目，不为草诏，于是太常更谥竦文庄。

嘉祐中，内臣麦允言死，以其尝有军功，特给卤簿。司马光言：“古不以名器假人，允言近习之人，非有大功大勋，而赠以一品，给以卤簿，不可以为法。”仁宗嘉纳之。

仁宗朝司天奏：“月朔，日当食而阴云不见，事同不食，故事当贺。”司马光曰：“日食，四方皆见而京师独不见，天意若曰人君为阴邪所蔽；天下皆知而朝廷独不知，其为灾尤甚，不当贺。”诏嘉其言，后以为例。

景祐中，赵元昊尚修职贡，蔡州进士赵禹庶明言元昊必反，请为边备。宰相以为狂言，流禹建州。明年，元昊果反，禹逃归京，上书自理。宰相益怒，下禹开封府狱。是时陈希亮为司录，言禹可赏不可罪，宰相不从，希亮争不已，卒从希亮言，以禹为徐州推官。徂徕先生石守道有诗曰：“蔡牧男儿忽议兵。”谓禹也。

咸平中，孙冕乞于江、淮、荆湖通商卖盐，许商人于边上入粮草、或京中纳钱帛，一年之内，国家预得江、淮、荆湖三路卖盐课额，而又公私之利有十倍焉。为陈恕等沮之，遂寝。

临淄贾公疏先生以著书扶道为己任，著《山东野录》七篇，颇类《孟子》。常奏《谏书》四篇，谓“丁谓造作符瑞，以诬皇天，以欺先帝，今幸谓奸发，请明告天下，正其事”。无几，又谓“谓既窜逐，寇莱公犹在雷州，宜还莱公，以明忠邪”。先生终以孤直不偶。既晚，得进士出身，不乐为吏。久之，李文定公窃其诰敕送吏部，先生勉就之，官至殿中丞卒。后门人李冠元伯、刘颜子望相与谥曰存道先生。初，先生得出身，真宗赐名同，改字希得。案公疏元名罔，故赐改同。

狄武襄公既平岭南，仁宗欲以为枢密使、平章事。庞庄敏公曰：

"太祖遣曹彬平江南，止赐钱二十万，其重慎名器如此。今青功不及彬远矣，若用为平章事，富贵已极，后安肯为陛下用？万一后有寇盗，青更立功，陛下以何官赏之？"乃以青为护国军节度，诸子皆优官，厚赐金帛。

真宗初上仙，庄献攀慕号切，凡丧祭之礼，务极崇厚。吕文靖公奏曰："太后为先帝丧纪之数，宗庙之仪，不忍裁减，曲尽尊奉，此虽至孝之道，以臣所见，尚未足报先帝恩遇之厚。唯是远奸邪，奖忠直，惜民财，拔擢时彦，使边徼宁靖，人物富安，皇帝德业日茂，太后寿乐无忧，此报先帝之大节也。"

祥符中，玉清昭应等宫成，大臣率兼使领。天圣中，玉清灾，庄献泣曰："先帝尊道奉天，故大建馆御以尽祇肃之道，今忽灾毁，何以称先帝遗意？"吕文靖公恐后复议缮完，因推《洪范》灾异之端，乞罢营建，恳让使名。玉清遂不葺。

田锡以谠直事太宗，知无不言，深得诤臣之体。一日，诣中书谒赵忠献公曰："公以元勋当轴，宜自谦抑。今百司奏覆，必先经堂，岂尊君之义也。谏台章疏，令阁门进状，尤失风宪之体。"赵竦然谢之，遽从其言。

卷第二

名　　臣凡五十事

宰相王溥父祚，少为太原掾属，累迁宿州防御使。既老，溥劝其退居洛阳，居常怏怏。及溥为相，客或候祚，祚常朝服侍立，客不安席，求去，祚曰："学生劳贤者起避耶？"

张忠定公咏布衣时，希夷先生一见奇之。公曰："愿分华山一半居，可乎？"先生曰："非公可及。"别赠以毫楮。公曰："是将婴我以世务也。"后公贵显，以名德重天下，将赴剑南，以诗寄先生曰："性愚不肯林泉住，强要流清拟致君。今日星驰剑南道，回头惭愧华山云。"及还，又有诗曰："世人大抵重官荣，见我东归夹道迎。应被华山高士笑，天真丧尽得虚名。"

王元之尝草李继迁制，继迁送马五十匹润笔，公却之。后守永阳，闽人郑褒有文行，徒步谒公，及还，公买一马遗之。或谤其亏价者，太宗曰："彼能却继迁五十匹，顾肯亏一匹马价耶？"

曹冀王彬，前后帅师征讨诸国，凡降四国主：江南、西川、广南、湖南也，未尝杀一无辜，功名显著，为诸将之首。诸子皆贤令，玮、琼、璨继领旄钺。陶弼《观王画像有诗》曰："搜兵四解降王缚，教子三登上将坛。"其后少子玘追封王爵，实生光献慈圣太皇太后，辅佐仁宗，母仪天下。累朝圣功仁德，天下怀慕，以至济阴，生享王爵，子孙昌炽，世世无比；非元功阴德，享报深厚何以及此，虽汉马、唐郭，迨无以过此。呜呼盛哉！

张仆射齐贤以吏部尚书知青州六年，其治安静，民颇安之。好事者或谤其居官弛慢，朝廷召还。公或语人曰："向作宰相，幸无大过；今典一郡，乃招物议。正如监御厨三十年，临老反煮粥不了。"士大夫闻之深罪谤者。曾孙仲平为余言。

真宗晏驾，二府受遗制："辅立仁宗及皇太后权听断军国事。"宰相丁谓欲去"权"字，王沂公时参大政，独执之曰："皇帝冲年，太后临朝，斯非国家常典，称'权'犹足示后，况言犹在耳，何可改也！"谓深感其言，"权"字遂不敢去。

祥符中，赵德明上言本国饥，来借粟百万斛。大臣皆请以违誓责之，王魏公旦独请具粟如其数于京师，诏德明入京来取。德明大惭，且叹朝廷有人。真宗喜。

真宗朝，宦者刘承珪以端谨事上，病且死，求为节度使。上促授之，王魏公旦执不从，曰："复有求为枢密使者，何以绝之？"至今宦者官不过留后。

王魏公旦与杨文公大年友善。疾笃，大年于卧内，托草遗奏，言"为宰相，不可以将尽之言为宗亲求官"，止叙平生遭遇之际。表上，真宗叹之，遽遣就第，名数进录。

谏议大夫陈省华生三子，皆登进士第，而伯仲皆为天下第一。晚年与燕国夫人冯氏俱康宁，长子尧叟知枢密院，次子尧佐直史馆，少子尧咨知制诰。每对客，三子列侍，客不自安，求去，省华曰："学生辈立侍，常也。"士大夫以陈氏为荣。

晁文元公迥少闻方士之术，凡人耳有灵响，目有神光，其后听于静中，若铃声远闻。耆年之后，愈觉清彻。公名之曰三妙音：一曰幽泉漱玉，二曰清声摇空，三曰秋蝉曳绪。尝闻其裔孙端礼云。

景德中，朝廷始与北虏通好，诏遣使将以北朝呼之。王沂公以为太重，请但称契丹本号可也。真宗激赏再三，朝论韪之。

祥符中，王沂公奉使契丹，馆伴耶律祥颇肆谈辨，深自衒鬻，且矜新赐铁券。公曰："铁券，盖勋臣有功高不赏之惧，赐之以安反侧耳，何为辄及亲贤？"祥大沮矣。

真宗上仙，时虽仲春而大雪苦寒。庄献太后诏赐坐甲卫士酒，独王德用令所辖禁旅不得饮。后以问德用，德用曰："卫士荷先帝恩德厚矣，今率土崩心，安忍纵饮；矧嗣君尚少，未亲万机，不幸一夫酗酒，奋臂狂呼，得不动人心耶？"后大叹赏，自是有意大用。

李文靖公为相，王魏公旦方参预政府，时西北尚用兵，或至旰食。

魏公叹："我辈安能坐致太平,得优游无事耶?"文靖公曰:"少有忧勤,足为警戒;它日四方宁谧,朝廷未必无事。"其后北戎讲和,西戎纳款,而封禅祠祀,搜讲坠典,靡有虚日。魏公始叹文靖之先识过人远矣。

乾兴初,丁谓欲每议大政则太后后殿朝执政,朔望则皇帝前殿朝群臣,其余常事,独令入内押班雷允恭附奏禁中,传命二府。众以为隔绝中外,不便。王沂公时判礼院,引东汉故事,皇帝在左,太后在右,同殿加帘,中书、枢密院以次奏事。人心乃安。

皇祐五年,侬智高陷二广,诏枢密副使狄青督诸将讨之。言事者以青武人,不可专用,请以文臣副之。仁宗以问庞庄敏公。曰:"向者王师所以屡败,由大将不足以统一,裨将人人自用,故遇敌辄北。刘平以来,败军覆将莫不由此。青勇敢有智略,善用兵,必能办贼,愿勿忧。"仁宗乃诏行营诸军皆受青节制;贼平,处置民事则与孙沔、余靖同议。及捷报至,上喜谓庄敏曰:"岭表平殄,皆卿之力也。"

皇祐五年,王汾擢进士甲科。唱名日,左右奏:"汾,免解进士,例当降甲。"仁宗览家状,曰:"汾,先朝学士禹偁曾孙。"遂不降甲。其后,汾以便籴赏劳改官,亦以黄州孙超升朝籍。

景祐中,范文正公以言事触宰相,黜守饶州,到任,谢表云:"此而为郡,陈优优布政之方;必也立朝,增蹇蹇匪躬之节。"天下叹公至诚,许国始终不渝,不以进退易其守也。

范文正公以龙图阁直学士帅邠、延、泾、庆四郡,威德著闻,夷夏耸服,属户蕃部率称曰"龙图老子",至于元昊亦以是呼之。

太子宾客谢涛生平清慎,恬于荣利。晚节乞知西台,寻分务洛中,不接宾客,屏去外事,日览旧史一编,以代宾话。将终前一日,梦中得诗一章,觉,呼其孙景初录之,曰:"百年奇特几张纸,千古英雄一窖尘。惟有炳然周孔教,至今仁义浸生民。"足以见笃于仁义,著乎神明,故至死而不乱也。

皇祐末,契丹请观太庙乐。仁宗以问宰相,对曰:"恐非享祀,不可习也。"枢密副使孙公沔曰:"当以礼折之,请谓使者曰:'庙乐之作,皆本朝所以歌咏祖宗功德也,它国可用邪!使人如能助吾祭,乃观之。'"仁宗从其言,使者不敢复请。

陈文惠将终前一日，自为墓志曰："宋有颍川先生尧佐，字希元，道号知馀子。年八十不为夭，官一品不为贱，使相纳禄不为辱，三者粗备，归息于先秦国大夫、仲兄丞相栖神之域，吾何恨哉！"

初，范文正公贬饶州，朝廷方治朋党，士大夫莫敢往别。王待制质独扶病饯于国门，大臣责之曰："君长者，何自陷朋党？"王曰："范公天下贤者，顾质何敢望之；若得为范公党人，公之赐质厚矣！"闻者为之缩颈。

欧阳文忠公使辽，其主每择贵臣有学者押宴，非常例也，且曰："以公名重今代，故尔。"其为外夷敬服也如此。

景祐末，西鄙用兵，大将刘平死之。议者以朝廷使宦者监军，主帅节制有不得专者，故平失利。诏诛监军黄德和。或乞罢诸帅监军，仁宗以问宰臣，吕文靖公曰："不必罢，但择谨厚者为之。"仁宗委公择之，对曰："臣待罪宰相，不当与中贵私交，无由知其贤否。愿诏都知押班保举，有不职，与同罪。"仁宗从之。翌日，都知叩首乞罢诸监军。士大夫嘉公有谋。

景祐中，范文正公知开封府，忠亮谠直，言无回避，左右不便，因言公离间大臣，自结朋党。仍落天章阁待制，黜知饶州。余靖安道上疏论救，以朋党坐贬。尹洙师鲁言："靖与仲淹交浅，臣与仲淹义兼师友，当从坐。"贬监郓州税。欧阳永叔贻书责司谏高若讷不能辩其非辜。若讷大怒，缴其书，降授夷陵县令。永叔复与师鲁书云："五六十年来，此辈沉默畏慎，布在世间，忽见吾辈作此事，下至灶间老婢亦为惊怪。"时蔡君谟为《四贤一不肖》诗，布在都下，人争传写，鬻书者市之，颇获厚利。虏使至，密市以还。张中庸奉使过幽州，馆中有书君谟诗在壁上。四贤，希文、安道、师鲁、永叔。一不肖，谓若讷也。

狄武襄公青初以散直为延州指使。是时西边用兵，公以才勇知略，频立战功。常被发面铜具，驰突贼围，敌人畏慑，无敢当者。公识度宏远，士大夫翕然称之，而尤为韩魏公、范文正公所深知，称为国器。文正以《春秋》《汉书》授之曰："将不知古今，匹夫之勇，不足尚也。"公于是博览书史，通究古今，已而立大功，登辅弼，书史策，配享宗庙，为宋名将，天下称其贤。公初为延州指使，后显贵，天下犹呼公为狄天使。

庆历中，仁宗服药，久不视朝。一日，圣体康复，思见执政，坐便殿，促召二府。宰相吕许公闻命，移刻方赴召。比至，中使数促公，同列亦赞公速行，公愈缓步。既见，上曰："久疾方平，喜与公等相见，而迟迟其来，何也？"公从容奏曰："陛下不豫，中外颇忧，一旦闻忽召近臣，臣等若奔驰以进，虑人惊动耳。"上以为得辅臣之体。

陈贯自盐铁副使除直昭文馆，知相州。先是三司副使例得待制，而贯独得直馆。或唁贯者，贯曰："与其居天章作不才待制，何如在昭文为有道学士。"唁者愧服。贯子安石，今为吏部侍郎，女嫁文潞公。

康定中，赵元昊既虏刘平，遂约吐蕃毋与中国通，阴相为援。朝廷患之，择能使绝域者，将以恩信谯让唃氏。尚书屯田员外郎刘涣上书请行。间道驰至青唐城，谯唃氏，皆顿首悔谢，请以死捍边。因尽图其地形，并誓书还奏。仁宗嘉叹，进直昭文馆。俄而元昊臣服，再加刑部郎中，赐金紫。初，涣之奉使也，或数日不得食，于佩囊中得风药数粒咀润咽喉。原本注云：下疑有脱文。唃嘶啰吐蕃呼佛曰唃，如厮啰译为"儿子"二字，称佛之儿子。更鼓自昏达旦，三挝而已。每有公事，量大小以绵裹其讼牒，物多者为有理。

王武恭公德用，宽厚善抚士。其貌魁伟，而面色正黑，虽匹夫下卒、闾巷小儿，外至远夷君长，皆知其名，识与不识，称之曰黑王相公。北虏常呼其名以惊小儿，其为戎狄畏服如此。皇祐末，仁宗以为枢密使，而以富韩公为宰相。是冬，契丹使至，公与之射，使者曰："天子以公为枢密使、富公为相，得人矣。"上闻尤喜。

治平中，夏国泛使至，将以十事闻于天子，未知其何事也。时太常少卿祝谘主馆伴，既受命，先见枢府，已而见丞相韩魏公。公曰："枢密何语？"谘曰："枢密云：'若使人言及十事，第云受命馆伴，不敢辄及边事。'"公笑曰："岂有止主饮食，不及他语邪！"公乃徐料十事，以授祝曰："彼及某事则以某辞辩，言某事则以某辞折。"祝唯而退。及宴，见使者，果及十事，凡八事正中公所料，祝如所教答之，夏人耸服。祝常以谓魏公真贤相，非他人可比也。

元丰中，尚书省百官谥曾鲁公，始曰忠献，礼官刘挚驳曰："丞相位居三事,不闻荐一士,安得谓之忠?家累千金,未尝济一物,安得谓之献?"众不能夺其议,改谥曰宣靖。

司马文正公以高才全德大得中外之望,士大夫识与不识,称之曰君实;下至闾阎匹夫匹妇,莫不能道司马。故公之退十有余年,而天下之人日冀其复用于朝。熙宁末,余夜宿青州北淄河马铺,晨起行,见村民百余人欢呼踊跃,自北而南。余惊问之,皆曰:"传司马为宰相矣。"余以为虽出于野人妄传,亦其情之所素欲也。故子瞻为公《独乐园》诗曰:"先生独何事,四海望陶冶。儿童诵君实,走卒知司马。"盖纪实也。

元丰七年春,文太师既告老,奏乞赴阙,亲辞天陛,庶尽臣子之诚。既见,神宗即日对御赐宴,顾问温渥,上酌御盏亲劝。数日,朝辞,上遣中使以手札谕公留过清明,饬有司令与公备二舟,溯汴还洛。清明日,锡宴玉津园,公作诗示同席。翌日,上用公韵属和,亲洒宸翰,就第赐公。将行,特命三省以上赴琼林苑宴饯,复赐御诗送行。公留京师一月,凡对上者五,锡宴者三,锡诗者再,顾问不名,称曰"太师",宠数优异,近世无比。

富公熙宁中罢相镇亳,常深居养病,罕出视事。时幕府诸公事须禀命,常以状白公,公批数字于纸尾,莫不尽其理。或有难决之事、诸公忧疑不能措手者,相与求见公。公以一二言裁处,徐语它事。诸公晓然,率常失其所疑者,退而叹服,以为世莫可及也。公早使虏,以片言折狡谋,尊中国。及总大政,视天下事若不足为者,矧退处一郡乎!

韩魏公元勋旧德,夷夏具瞻。熙宁中留守北都,辽使每过境,必先戒其下曰:"韩丞相在此,无得过有呼索。"辽使与京尹书,故事,纸尾止押字,是时悉书名,其为辽人尊畏如此。每使至于国,必问侍中安否。其后,公子忠彦奉使,辽主问尝使中国者曰:"国使类丞相否?"或曰:"类。"即命工图之。

国朝享国百三十余年,人臣为太师者,惟赵忠献、文潞公二人耳。庆历二年十二月,诏拜吕文靖公司空、平章军国重事,元祐三年四月,正献公又以司空平章军国事,父子继以三公平章军国,古所未有也。

范文正公知邠州,暇日率僚属登楼置酒,未举觞,见缞绖数人营理葬具者。公亟令询之，乃寓居士人卒于邬，将出殡近郊，赗敛棺椁，皆所未具。公怃然，即彻宴席，厚赒给之，使毕其事。坐客感叹有泣下者。

崔遵度清节纯德，泊于荣利。事太宗为右史十余年，每侍殿陛，侧身轩楹，以自屏蔽，不欲当上顾盼，其恬晦如此。琴德尤高，尝著琴静室，往往通夕，妻子罕见其面。

庆历末，富文忠公镇青州，会河决商胡，北方大水，流民垒入京东。公劝所抚八州之民出粟以助赈给，各因坊村择寺庙及公私空舍，又因山崖为窟室，以处流离。择寓居官无职事者，各给以俸，即民所赘聚，籍而受券，以时给之。器物薪刍，无不完具。不幸死者，为丛冢收瘗，自为文遣使祭之。明年夏大稔，计其道里资遣还业。八州之间所活者，无虑五十余万人，其募为兵者又万余人。仁宗嘉之，拜公礼部侍郎，公曰："恤灾赈乏，臣之职也。"卒辞不受。

嘉祐中，仁宗已不豫，久不御殿，虽宰臣亦不得见。富文忠公求入视疾，内侍以公未有诏旨，止之。公叱之曰："安有宰相一日不见天子！"遂趋入见。因乞监侍祈祷，留宿殿中。自是，事无巨细，皆白执政而后行，上下晏然。

司马温公忠厚正直，出于天性，终始一节，故得天下之望。居洛十五年，天下之人日望以为相。神宗上仙，公赴阙哭临，卫士见公，皆以手加额曰"司马相公"也。民遮道曰："无归洛，留相天子，活百姓。"所在数千人观之。公惧，径归。诏除知陈州，过阙，留拜门下侍郎，遂为左仆射。及薨，京师民刻画其像，家置一本，四方争购之，画工有致富者。公之功德为民爱如此。

孔公道辅以刚毅直谅名闻天下。知谏院日，请明肃太后归政天子；为中丞日，谏废郭后。其后知兖州日，近臣献诗百篇者，执政请除龙图阁直学士，仁宗曰："是诗虽多，不如孔某一言。"乃以公为龙图阁直学士。

祥符中，天下大蝗。近臣得死蝗于野以献，宰臣将率百官称贺，王魏公旦独执不可。数日，方朝，飞蝗蔽天，真宗叹曰："使百官将贺而蝗遽至，岂不为天下笑耶！"

张忠定公詠知通进银台司，并州有军校笞他部卒至死，狱具，奏上。法官谓非所部，当如凡人。公执奏之曰："并接羌、胡，兵数十万，一旦因一卒法死一校，卒有轻所部之心，且生事，不若杖遣，于权宜为便。"上如法官议。不数日，并卒怨本校，白昼五六辈提刀趋喧，争前刺校，心胃狼籍尸下，遂窜去。朝廷方以公向所执为是。

忠定公为御史中丞，一日于行香所，宰相张齐贤呼参知政事温仲舒为乡弟，及他语尤鄙。钱希白所撰公志曰"弹执政之事失辞"者，此也。公以非所宜言，失大臣体，遂弹奏之。齐贤深以为恨，后于上前短公曰："张詠本无文，凡有章奏皆婚家王禹偁代为之。"禹偁前在翰林，作齐贤罢相麻词，其辞丑诋。及再入中书，禹偁亦再知制诰，故两中伤之。公闻，自辩曰："臣苦心文学，缙绅莫不知。今齐贤以臣假手于人，是掩上之明，诬臣之非罪也。"上曰："卿平生著述几多？可进来。"公遂以所著进。上阅于龙图阁，未竟，赐坐，曰："今日暑甚。"顾黄门于御几取常所执红绡金龙扇赐公，且称文善。公起，再拜，乃纳扇于几。上曰："便以赐卿，羡今日献文事也。"

忠定公后自金陵入，苦脑疽，未朝见，御史阁门累有奏，上宽其告，俾养疾。公恨不得面陈所怀，乃抗论"近年以来，虚国家帑藏，竭生民膏血，以奉无用之土木，皆丁谓、王钦若启上侈心之所为也，不诛死无以谢天下。"章三上，不报。出知陈州。

孙明复先生退居太山之阳，枯槁憔悴，鬓发皓白，著《春秋尊王发微》十五篇，为《春秋》学者，未有过之者也。故相李文定公守兖，就见之，叹曰："先生年五十，一室独居，谁事左右？不幸风雨饮食生疾奈何！吾弟之女甚贤，可以奉先生箕帚。"先生固辞。文定公曰："吾女不妻先生，不过为一官人妻，先生德高天下，幸婿李氏，荣贵莫大于此。"先生曰："宰相女不以妻公侯贵戚，而固以嫁山谷衰老、藜藿不充之人，相国之贤，古无有也，予不可不成相国之贤！"遂妻之。其女亦甘淡薄，事先生以尽妇道，当时士大夫莫不贤之。

卷第三

知　　人凡四事

希夷先生陈抟语人祸福合若符契。王世则与韩见素、赵谏同诣先生，世则伪为仆，拜于堂下。先生笑之曰：“侮人者，自侮也。”揖世则坐于诸坐之右：“将来科名，君为首，冠诸君之次，正如此会。”明年，世则举进士第一，余如坐次。

河东柳先生开以高文苦学为世宗师，后进经其题品者，翕然名重于世。尝有诗赠诸进士曰：“今年举进士，必谁登高第？孙何及孙仅，外复有丁谓。”未几，何、仅连榜状元，谓亦中甲科，先生之知人也如此。

孙何、孙仅学行文辞倾动场屋。何既为状元，王黄州览仅文编，书其后曰：“明年再就尧阶试，应被人呼小状元。”后榜仅果为第一。黄州复以诗寄之云：“病中何幸忽开颜，记得诗称小状元。粉壁乍悬龙虎榜，锦标终属鹡鸰原。”并寄何诗曰：“惟爱君家棣华榜，《登科记》上并龙头。”潘逍遥亦有诗曰：“归来遍检《登科记》，未见连年放弟兄。”而陈尧叟、尧咨兄弟亦前后相继为状元，士林皆以为盛事。

庆历二年，仁宗用范文正公参知政事，韩魏公、富韩公为枢密副使，天下人心莫不欢快。徂徕先生石守道作《圣德》诗曰：“惟仲淹、弼，一夔一卨。”又曰：“琦器魁礧，岂视庌楔，可属大事，重厚如勃。”其后富、范为宋之名臣，而魏公定策两朝，措天下于太山之安，人始叹先生之知人也。

奇　　节凡十三事

国初，御史中丞刘温叟博学纯厚，动必由礼，父讳岳，温叟终身不听丝竹。尝令子和药,有天灵盖,温叟见之,亟令致奠埋于郊。五代士人鲜蹈礼义,独温叟笃行,为世所推。

端拱初,太宗诏访天下高年。前青州录事参军麻希梦年九十余,居临淄,召至阙下,延见便殿,赐坐。语极从容,询及人间利害,对之尤详,多蒙听纳。他日,访以养生之理,对曰:“臣无他术,惟少寡情欲,节声色,薄滋味,故得至此。”诏以为尚书工部郎中致仕,赐金紫。工部好学,善训子孙。子景孙,兴国中登进士甲科。孙温其、温舒,祥符中相继登进士第,为天下第三人。衣冠以为盛事,而天下称麻氏教子有法。予祖母长安县君,工部孙也,故闻之详。

赵邻几好学善著述,太宗擢知制诰,逾月,卒。子东之亦有文才,前以职事死塞下。家极贫,三女皆幼,无田以养,无宅以居。仆有赵延嗣者,久事舍人,义不忍去,竭力营衣食以给之,虽劳苦不避。如是者十余年,三女皆长,延嗣未尝见其面,至京师访舍人之旧,谋嫁三女。见宋翰林白、杨侍郎徽之,发声大哭,具道所以。二公惊谢曰:“吾被衣冠,且与舍人友,而不能恤舍人之孤,不迨汝远矣!”即迎三女归京师,求良士嫁之。三女皆有归,延嗣乃去。徂徕先生石守道为之传,以厉天下云。

徂徕先生石守道,少以进士登甲科,好为古文章。虽在下位,不忘天下之忧,其言以排斥佛老,诛贬奸邪为己任。庆历中,天子罢二相,进用韩魏公、富韩公、范文正公,增置谏官,锐意求治。先生喜曰:“吾官为博士,雅颂,吾职也。”乃作《庆历圣德》诗五百言,所以别白邪正甚详。太山孙明复见之曰:“子祸起矣!”由是谤论喧然,奸人嫉妒,相与挤之,欲其死而后已。不幸先生病卒。有以媾祸中伤大臣者,指先生之起事曰:“石某诈死,北走胡矣。”请斫棺以验。朝廷知其诬,不发棺。欧阳文忠公哭先生以诗曰:“当子病方革,谤辞正腾喧。众人皆欲杀,圣主独保全。已埋犹不信,仅免斫其棺。”先生没后,妻子流落寒饿,魏公分俸买田以给之。所谓大臣,乃先生尝荐于朝者;奸人,即先生诗所斥者也。元祐中,执政荐先生之直,即诏官其子。

王沂公当轴,以厚重镇天下,尤抑奔竞。张师德久次馆阁,博学有时望,而不事造请,最为鲁肃简公所知。一日,中书议除知制诰者,鲁盛称张才德，沂公以未识为辞。鲁密讽张见沂公，张辞不往，鲁屡讽之，张重违鲁意。始缘职事一往，沂公辞不见，张大悔恨。他日中书复议，鲁无以易张，曰："向已为公言之矣。"沂公曰："张君器识行义，足以为此，然尚有请谒耳。"逾年，方命掌诰。沂公之取人如此，故当时士大夫务以冲晦自养焉。

庆历中，张宗诲以秘书监致仕，居洛阳。一日，谒留守，其子庚言："唐贺监知章以道士服归会稽，明皇赐以鉴湖，今洛中嵩、少佳景虽非朝廷所赐，大人可衣羽服优游其间，何必事请谒？"宗诲曰："吾作白头老监枕书而眠，何必学贺老作道士服邪？"时以为名言。宗诲，英公齐贤子。

曹州于令仪者，市井人也，长厚不忤物，晚年家颇丰富。一夕，盗入其家，诸子擒之，乃邻子也。令仪曰："汝素寡悔，何苦而为盗邪？"曰："迫于贫耳。"问其所欲，曰："得十千足以衣食。"如其欲与之。既去，复呼之，盗大恐。谓曰："汝贫甚，夜负十千以归，恐为人所诘。"留之，至明使去。盗大感愧，卒为良民。乡里称君为善士。君择子侄之秀者，起学室，延名儒以掖之。子伋，侄杰、仿，举进士第，今为曹南令族。

丹阳顾方，笃行君子也。皇祐末，登进士第，再调明州象山县令。视事之初，召邑中父老，询问民间利害及境内士民之善恶。善者访而亲劝之，使勿怠；恶者喻而戒之，使自修。又建学舍，率其子弟之秀者教之。暇日亲为讲说，掖诱使进于善。逾年，民大化服。俄而病，邑民相率出钱诣塔庙祈祷者数千百人，为炀股者十三人；方竟不起。百里之内，号泣思慕，如失父母。与立祠，以岁时祀方。余观近世为县者，类以簿书期会为急务，鲜有能及教化者，而方独以仁义教治其民，使民知爱慕如此。丹阳钱君倚、毗陵胡完夫皆为方记其事而刻石祠中，士大夫以诗颂遗美者不可胜纪。顾予贱，不得列其事于史官，传为循吏，每以为恨。

胡文恭公宿平生守道，不以进退为意。在文馆二十余年，每语后进曰："富贵贫贱，莫不有命，士人当修身俟时，无为造物者所嗤。"世以为名言。

　　近年士大夫多修佛学，往往作为偈颂，以发明禅理。独司马温公患之，尝为《解禅偈》六篇云："文中子以佛为西方圣人，信如文中子之言，则佛之心可知已。今之言禅者好为隐语以相迷，大言以相胜，使学之者伥伥然益入于迷妄，故予广文中子之言而解之，作《解禅偈》六首。若其果然，虽中国可行矣，何必西方；若其不然，则非予之所知也。""忿怒如烈火，利欲如铦锋，终朝长戚戚，是名阿鼻狱。""颜回甘陋巷，孟轲安自然，富贵如浮云，是名极乐国。""孝悌通神明，忠信行蛮貊，积善来百祥，是名作因果。""仁人之安宅，义人之正路，行之诚且久，是名不坏身。""道德修一身，功德被万物，为贤为大圣，是名菩萨佛。""言为百世师，行为天下法，久久不可掭，是名光明藏。"

　　山阳徐积仲车博学志行，父石少亡，积终身不登山，行遇石必避之。尝冒暑道遇奔丧者，辍马以遗之，徒行还家。憩户外，风乘之，得聋疾。年仅四十，勉从母命作诗赋，一举登进士第。久之，丧母，哀毁过人，乡里化之。葬母，助葬者数千人。

　　河东先生柳仲涂少时纵饮酒肆，坐侧有书生，接语，乃以贫未葬父母，将谒魏守王公祜，求资以给襄事。先生问所费几何，曰："得钱二十万可矣。"先生曰："姑就舍，吾且为子营之。"罄其资，得白金百两，钱数万，遗之。议者以郭代公之义，不能远过。

　　刘温叟以德义世其家，当时推服。为御史中丞，家极贫。时太宗尹京，知其贫，致五百千以赠温叟，温叟拜受，以大匮封贮御史之西廊。或有诘之者，曰："晋王身为京尹，兄为天子，拒之则失敬；吾方为御史，受而用之，则何以清流品也。"初，温叟之生也，其父岳曰："吾老矣，他无所欲，但冀世治民和，与此儿皆为温洛之叟，耕钓烟月，酣咏太平之化足矣。"温叟忆父语，遂以为名云耳。

卷第四

忠　　孝凡十五事

咸平中，契丹举国入寇，南至淄、青。淄川小郡，城垒不完，刺史吏民皆欲弃城奔于南山，兵马监押张蕴按剑厉声曰："奈何去城隍，委府库？大众一溃，更相剿夺，狄未至而吾已残矣。刺史若出，吾当斩以徇。"由是无敢动者。后君为环州马岭镇监押，虽处穷塞，犹建孔子祠，刻石为之记。庆历中，范文正公过其地，书其碑阴以美之。其子搃、捡，以文学才行有名于世，皆登侍从。

铅山刘辉俊美有辞学，嘉祐中，连冠国庠及天府进士。四年，崇政殿试又为天下第一，得大理评事，签书建康军判官。丧其祖母，乞解官以嫡孙承重服，国朝有诸叔而嫡孙承重服者自辉始。辉哀族人之不能为生者，买田数百亩以养之。四方之人从辉学者甚众，乃择山溪胜处处之。县大夫易其里曰义荣社，名其馆曰义荣斋。未终丧而卒，士大夫惜之。初，范文正公、吴文肃公皆有志置义田，及后登二府，禄赐丰厚，方能成其志。而辉于初仕，家无余资，能力为之，今士君子尤以为难。

冯守信仕真宗为步军指挥使。会郊礼，其弟欲以其子为守信之子冒取高荫，守信曰："吾自行伍，主上拔擢至此，每愧无以报称，奈何欺之邪！"是岁己子无所荫，以明于弟无所爱。

孔公道辅祥符中进士及第，补宁州推官。道士治真武像，有蛇数出像前，人以为神。州将率其属往拜之，蛇果出。公即举笏击杀之，众大惊服。徂徕先生石守道尝为公《击蛇笏铭》。

自唐末用兵，文臣给、舍以上，武臣刺史以上丧父母者，急于国事，以义断哀，往往以墨缞从事。既辍哀，则莅事如故，号曰起复。国朝袭唐制不改，论者以时无金革，士大夫解官终制可也。

庆历中,田元均帅秦凤,丧其父,奏乞解官终丧,仁宗累降手诏,又遣中使勉谕。元均既葬,托边事求见上,曰:"陛下以孝治天下,方边隅无事,而区区犬马之心不得自从。"因泣下。上视其貌瘠,乃许终丧。其后富公以宰相丁母忧,仁宗诏数下,竟终丧乃起。盖大臣终丧自二公始。

范文正公轻财好施,尤厚于族人。既贵,于姑苏近郭买良田数千亩,为义庄,以养群从之贫者。择族人长而贤者一人主其出纳。人日食米一升,岁衣缣一匹,嫁娶丧葬皆有赡给。聚族人仅百口。公殁逾四十年,子孙贤令,至今奉公之法不敢废弛。

寇莱公秉政,丁谓初为参知政事,尝会食中书,羹污莱公须,谓为公拂之。公曰:"君为参政大臣而为宰相拂须耶!"谓大愧。及章圣倦政,谓迎合太后,建临朝之策。莱公言太子德足以任天下事,极言谓奸邪,不可辅幼主。明日,谓党飞语中公,罢相,贬雷州司户。其后范文正公作《药石》诗,言公诬。存道先生贾岗奏谏书云:"谓既窜逐,宜还公,以辨忠邪。"天圣初,移衡州司马,而公前死贬所。寻复官爵,赐谥忠愍。景祐初,上知公忠鲠,诏学士与公撰碑,上亲篆额曰"旌忠之碑"。

皇祐四年五月,侬智高寇二广,诸郡皆弃城避贼,独赞善大夫知康州赵师旦、太子中舍知封州曹觐城守死。方贼之至康州也,赞善阅兵,得赢兵二百余人,扼战,斩贼数十人。明日,兵尽城破,诟贼,贼度不可屈,害之。时方暑,越三日,尸不可视,独姿色如生。初夫人王氏避贼,女生始三日,弃之草间,信宿回视,无苦,人以谓忠义之感。贼平,朝廷赠光禄少卿,而康民立祠以祀。丞相王荆公志其葬,博士梅圣俞表其墓尤悉。所弃女,予子采妇也。

庆历末,妖贼王则盗据贝州,贾魏公镇北门,仓卒遣将,引兵环城,未有破贼之计,公日夜忧思。有指使马遂者白公曰:"坚城深池,不可力取。愿得公一言,入城杀元凶,馀党可说而下也。"公壮其言,遣行,丁宁祝之曰:"壮士立功,在此行也。"遂至城下,浮渡濠,叫呼,守城者垂匹练縋身以上。见贼隅坐,为陈朝廷恩信:"尔能束身出城,公为尔请于朝,亦不失富贵;若守迷自固,天子遣一将提兵数千,不日城下,血膏战地,肉饱犬彘,悔无及矣。"辞尤激切,贼不答。遂度终不能听,遂急击,贼仆地,扼其喉几死。左右兵之,遂被杀,闻者莫不义之。是时翰林郑毅夫方客魏,为之作传。

荣州张昭及刚毅不畏强御,故为栎阳主簿,陈尧咨庄仆恃势干县政,输赋不以时,昭及捕而杖之。尧咨闻而叹曰:"张子一主簿而能如此,他日当荐为御史。"使人召之,昭及竟不往也。

唐贞元中调卒戍边,河中府永乐县民姚栖云之父语其兄曰:"兄嗣未立,无往,某幸已有子,请代兄行。"遂战没塞上。时栖云方三岁。后其母再嫁,栖云鞠于伯母,如事其母。伯母亡,栖云葬之,又招魂葬其父,庐于墓次,终身哀慕不衰。县令苏辙以俸钱买地开阡刻石表之。河中尹浑瑊上其事,诏加优赐,旌表其乡曰孝悌,社曰义节,里曰爱敬。栖云生岳,岳生君儒,君儒生师正,自岳至师正,仍世庐墓。五世孙厚,六世孙雅,七世孙文,八世孙敬真,九世孙直,十世孙宗明。庆历初,本府奏:"自栖云十世同居,显有孝行。"仁宗诏赐旌表,复其徭役。十一世孙用和,十二世孙士明,十三世孙德,自宗明至德又三世,自庆历至今又五十余年,而其家孝友如故。姚氏世为农,无为学者,家不甚富,田数十顷,族聚百余口,子孙躬耕农桑,仅能给衣食,历三百余年,无一人辞异者。经唐末、五代兵戈乱离,子孙保守坟墓,骨肉不相离散,求之天下未或有也。永乐、熙宁初,并隶河东。余元祐中知河东,以状列于府,乞特赐敷奏,下其事史官,重加旌表,特免户徭钱,以旌孝义,以厉风俗。以状上尚书,不报。

郓州须城县杨村民张诚者,其家自绾至诚,六代同居,凡一百一十七口,内外无间言,衣裳无常主。旦日,家长坐堂上,率子弟而分职事,无不勤。张氏世为农者,不读书,耕田捕鱼为业,无蓄积,而能人人孝悌友顺,六世几二百年,百口无一口小异,亦可尚也。

曹修古明道初为御史知杂,上书乞庄献太后还政,谪守兴化军,暴疾,终于官。家贫,死之日无衣以敛,郡之僚属若吏民之贤者,莫不号慕叹息,相与出钱帛数十万赙其家。曹女始笄,泣语其母曰:"先人忠节名闻天下,不幸以直言谪死,且'君子不家于丧',安可受以浼我先人之全德哉!"哭不已,谢而遣之。吏民固乞,卒不受一钱,其纯孝高尚如此。曹，建安人，四御史之一也。

资州资阳县支渐熙宁中丧母，既葬，庐墓，日三时号泣，肘行膝步，负土成坟。有双白雀徘徊松叶上。明年，有驯鹿助渐上土。又有异乌，一目如丹，每渐哭，乌亦悲鸣。夜有二狸环呼坟侧，如巡警状。久之，有群乌翔集，中有一白乌，独日至。又有五色雀万余，随渐行哭，七日而去。渐年七十，每号恸，哭泣如雨，日食脱粟，不盥手洗足，所衣苴麻碎烂不易，须发蓬乱，久皆断落，见者为之凄怆。邻舍句氏子，自娶，弃其父母，观渐至行，因大愧感，迎其亲，供奉不怠。后年八十馀，与其妻王氏皆康宁，渐白发再黑，四齿已脱复生，步行轻捷，饮食如少年，人以为至孝之感。神宗诏赐渐粟帛，付之史官。元祐八年，范祖禹奏乞优与旌奖，以劝孝悌，诏以为资州助教。

才　　识　凡十三事

卢朱崖父亿性俭素，恬于荣进。以少府监告老归洛中，以棋酒自放，不亲俗事。及多逊参大政，服玩渐侈，亿叹而泣曰："家本寒素，今富贵骤至，不知税驾地矣！"其后多逊果败。士大夫高其先识也。

刘少逸少有俊才，年十三，端拱二年中礼选，及御试，诗赋外别召升殿，赐御题，赋诗数首，皆有旨意，授校书郎，令于三馆读书。故王元之爱其少俊，而赠之诗曰："待学韩退之，矜夸李长吉。"

胡旦少有俊才，尚气凌物，尝语人曰："应举不作状元，仕宦不作宰相，乃虚生也。"随计之秋，郡守坐中闻雁，旦赋诗曰："明年春色里，领取一行归。"人皆壮其言。明年果魁天下。终以俊才忤物，不登显位而卒。

胡旦文辞敏丽，见推一时，晚年病目，闭门闲居。一日，史馆共议作一贵侯传，其人少贱，尝屠豕猪，史官以为讳之即非实录，书之即难为辞，相与见旦。旦曰："何不曰'某少，尝操刀以割，示有宰天下之志'。"莫不叹服。

天圣末，欧阳文忠公文章三冠多士，国学补试国学解，礼部奏登甲科。为西京留守推官，府尹钱思公、通判谢希深皆当世伟人，待公优异。公与尹师鲁、梅圣俞、杨子聪、张太素、张尧夫、王几道为七友，以文章道义相切劘。率尝赋诗饮酒，间以谈戏，相得尤乐。凡洛中山水园庭、塔庙佳处，莫不游览。思公恐其废职事，欲因微戒之。一日府会，语及寇莱公，思公曰："诸君知莱公所以取祸否？由晚节奢纵、宴饮过度耳。"文忠遽曰："宴饮小过，不足以招祸；莱公之责，由老不知退尔。"坐客为之耸然，时思公年已七十。

苏子美有逸才，词气俊伟，飘然有超世之格。庆历中，监奏邸，承旧例以拆卖故纸钱祠神，因以其余享宾客。言事者欲因子美以累一二大臣，弹击甚急。宦者操文符捕人送狱，皆一时名士。都下为之纷骇，左右无敢救解者。独韩魏公从容言于仁宗曰："舜钦一醉饱之过，止可薄治之，何至如此。"帝悔见于色。魏公之仁厚爱贤实可尚矣。

明道末，天下蝗旱，知通州吴遵路乘民未饥，募富者，得钱万贯，分遣衙校航海籴米于苏、秀，使物价不增。又使民采薪刍，官为收买，以其直籴官米。至冬，大雪寒，即以元价易薪刍与民，官不伤财，民且蒙利。又建茅屋百间以处流民，捐俸钱置办盐蔬，日与茶饭参俵，有疾者给药以理之，其愿归者，具舟续食，还之本土。是岁，诸郡率多转死，惟通民安堵，不知其凶岁也，故其民爱之若父母。明年，范文正公安抚淮、浙，上公绩状，颁下诸郡。熙宁中，予官于通，距公之治逾四十年，犹咏诵未已。

康定中，河西用兵，石曼卿与安道奉使河东。既行，安道夙访夕思，所至郡县，考图籍，见守令，按视民兵、刍粟、山川、道路，莫不究尽利害，尚虑未足以副朝廷眷使之意。而曼卿饮酒吟诗若不为意者。一日，安道曰："朝廷不以遵路不才，得与曼卿并命，今一道兵马粮喂虽已留意，而窃惧愚不能烛事。以曼卿之才，如略加之意，则事无遗举矣。"曼卿笑曰："国家大事安敢忽邪？延年已熟计之矣。"因徐举将兵之勇怯，刍粮之多寡，山川之险易，道路之通塞，纤悉具备，如宿所经虑者。安道乃大惊服，以为天下之奇才，且叹其不可及也。

眉山苏洵少不喜学，壮岁犹不知书。年二十七始发愤读书，举进士，又举茂才，皆不中，曰："此未足为吾学也。"焚其文，闭户读书，五六年，乃大究六经、百家书说。嘉祐初，与二子轼、辙至京师，欧阳文忠公献其书于朝，士大夫争传其文，二子举进士亦皆在高等，于是父子名动京师，而苏氏文章擅天下，目其文曰三苏，盖洵为老苏，轼为大苏，辙为小苏也。

邵迎，高邮人，博学强记，文章清丽而尤长于诗。为人恭俭孝友，颇精法律，长于吏事，而清赢多病，怔然不能胜其衣。平生奇蹇不偶，登进士十余年，而官止州县，穷死无嗣，其妻苦于饥寒。苏子瞻哀君之不幸，集其文为之引，以为"原宪之贫，颜回之短命，扬雄之无子，冯衍之不遇，皇甫士安之笃疾，彼遇其一人犹哀悼，而君兼之，非命也哉！"天道与善，予于此疑焉。

子瞻文章议论独出当世，风格高迈，真谪仙人也。至于书画，亦皆精绝。故其简笔才落手，即为人藏去，有得真迹者，重于珠玉。子瞻虽才行高世而遇人温厚，有片善可取者，辄与之倾尽城府，论辨唱酬，间以谈谑，以是尤为士大夫所爱。间遭金人媒孽，谪居黄州。有陈处士者，携纸笔求书于子瞻，会客方鼓琴，遂书曰："或对一贵人弹琴者，天阴声不发，贵人怪之，曰：'岂弦慢邪？'对曰：'弦也不慢。'"子瞻之清谈善谑，皆此类也。

翰林沈公遘为京尹，敏于政事，号称严明。平时治开封府者，晨起视事，至暮不能已，甚者或废饮食。及公尹府，旦昼决事，日中则府无留人，出谢宾客，从容谈燕。人皆怪其日有馀力，而翕然以称治。

太子中舍于焘彭年青州寿光人，博学能为文，喜言兵。富文忠公、丁文简公荐堪将领，以为武学教授。庆历中，元昊数寇边，北虏乘衅，聚兵来求关南地。丞相吕文靖公召彭年计之。彭年云："夷狄不可校义理，今幸岁德在我，为主者胜，宜治西北行宫，若将亲征者，以压其谋。"乃以大名府为北都。未几，西戎请盟，虏亦通好。吕丞相称之，彭年谢不复见。庆历末，仁宗春秋高，皇嗣未立，登州岠嵎山数震，郡以言。彭年上疏曰："岠嵎极东方，殆东朝未建，人心摇动之象。宜早定储，以安天下之心。"且言宜以齐为节度。逮英宗入继，乃由齐邸，遂为兴德军，人以先识称之。

高　　逸凡二十二事

　　镇阳道士澄隐博学多识，道行精洁。太祖北征召见，时年已九十，而形气不衰。帝欲留建隆观，隐曰："帝都纷华，非野人之所宜处。"上访以养生之术，隐曰："养生之法，不过清心练气耳。帝王之道则异于此，老子曰：'我无为而民自化，我无欲而民自正。'轩辕、帝尧享国延年，率由此道。"帝尤嘉之，赐以茶币。

　　王昭素先生，酸枣县人，博学通《五经》，尤长于《易》，作《易论》二十三篇，学者称之。李穆荐之太祖，召见，年八十，貌不衰。太祖问："何不求仕，致相见之晚？"对曰："草野陋儒，无补圣化。"赐坐，讲《易》，帝嘉之，以为国子博士。逾月，赐茶药遣还。先生善摄养，年九十方卒。

　　陈抟，周世宗常召见，赐号白云先生。太平兴国初，召赴阙，太宗赐御诗云："曾向前朝出白云，后来消息杳无闻。如今若肯随征召，总把三峰乞与君。"先生服华阳巾，草屦垂绦，以宾礼见，赐坐。上方欲征河东，先生谏止，会军已兴，令寝于御园。兵还，果无功。百余日方起，恩礼特异，赐号希夷，屡与之属和。久之，辞归，进诗以见志云："草泽吾皇诏，图南抟姓陈。三峰千载客，四海一闲人。世态从来薄，诗情自得真。乞全麋鹿性，何处不称臣。"上知不可留，赐宴便殿，宰相两禁傅坐，为诗以宠其归。

　　王昭素先生素纯直，入市买物随所索偿其直，不复商较。或曰："市井徒例高其价以邀利，非实直也。"先生曰："彼肯欺我邪？"给之不疑。自是，市人相戒：王先生市物，率以实告。无敢给之者。

　　田征君诰，字象宜，笃学好文，理致高古。尝学诗于希夷先生，先生以《诗评》授之，故诗尤清丽。平居寡薄，志在经世。太祖建国，思得异人，诏诣公车，会遭父母丧。久之，东游过濮，止王元之舍。元之贻书勉进其道。会大河决溢，君推明鲧、禹之所治，著《禹元经》三卷，将上之，不果。已而得水树于济南明水，将隐居焉，故致书徐常侍铉，质其去就。铉答曰："负鼎叩角，顾庐筑岩，各由其时。不失其道，在我而已,何常之有?"遂决高蹈之志,发《易》筮之,遇《睽》,因自号睽叟。从学者常数百人,宋维翰、许衮最其高弟。二子登朝,盛称其师。淳化中,韩丕言于天子,召君赴阙,诏书及门而卒。其后文多散坠。皇祐中,济南翟书耽伯哀其遗逸,得四十八篇,析为三卷,又次其出处,为《睽叟别传》云。

景德中,种放赐号先生,暂还嵩山,真宗置酒资政殿饯放,侍臣当直者四人预。时所司不宿具,皆相顾不敢坐,上乃亲定位次:翰林学士晁迥西向,资政殿学士王钦若东向,知制诰朱巽西向,次迥,待制戚纶东向,次钦若,放北面对上,特示客礼。酒半,上赋七言诗一章赐放和,侍臣皆赋,士大夫荣之。

孙宣公奭以太子少傅致仕,居于郓。一日置宴御诗厅,仁宗尝赐诗,刻石所居之厅壁上。语客曰:"白傅有言:'多少朱门锁空宅,主人到老不曾归。'今老夫归矣。"喜动于色。复顾石守道讽《易·离卦》九三爻辞,且曰:"乐以忘忧,自得小人之志;歌而鼓缶,不兴大耋之嗟。"公以醇德奥学劝讲禁中二十余年,晚节勇退,优游里中,终始全德,近世少匹。

真宗优礼种放,近世少比。一日登龙图阁,放从行,真宗垂手援放以上,顾近臣曰:"昔明皇优李白,御手调羹;今朕以手援放登阁,厚贤之礼,无愧前代矣。"故蒋永《叔荐放侄孙谦》云:"放早以逸民被遇,章圣有握手登楼之眷。"真宗久欲大用,放固辞乃止。惜夫!

种放明逸,少举进士不第,希夷先生谓之曰:"此去逢豹则止,他日当出于众人。"初莫谕其意。故放隐于南山豹林谷,真宗召见,宠待非常,拜工部侍郎,皆符其言。放别业在终南山,学行高古,后生从之学者尤众。性颇嗜酒,躬耕种秫以自酿。所居有林泉之胜,尤为幽绝。真宗闻之,遣中使携画工图之,开龙图阁,召辅臣观焉,上叹赏之。其后甘棠魏野郊居有幽趣,帝亦遣人图之,故野有诗云:"幽居帝画看。"

麻先生仲英幼有俊才,七岁能诗,随侍父官鄜州。时宋翰林白方谪官鄜畤,闻而召之。坐赋诗十篇,宋大称赏。翌日,宋以浣溪笺、李廷珪墨、诸葛氏笔遗之,乃赠以诗曰:"宣毫歙墨川笺纸,寄与麻家小秀才。七岁能吟天骨异,前生已折桂枝来。"十七,一试礼部归。以二亲既丧,禄不及养,无复仕宦意,退居临淄辨士里别墅。久而记览该洽,行义高洁,乡党化服。邻里有争讼者,不决于有司而听先生辨之。虽凶年,盗不入其家。富韩公、文潞公守青,皆尝致书币。庞庄敏公出镇,遣其子奉书召至府中,礼之极厚,屡以诗贻之;荐其行义于朝,诏以为国子四门助教、州学教授,东方学者争师之。卒年九十。先生,予祖母长安县君兄也。或以为宋诗云"前生已折桂枝来",即今世不复"折桂"也。先生一试不第,终身罢举,宋诗已谶之矣。

陕右魏处士野、蒲中李徵君渎乃中表也,俱有高节,以吟咏相善。野于东郊凿土室方丈,荫以修竹,泉流其前,曰乐天洞;渎结茅斋中条之阴,曰浮云堂,皆有萧洒之趣。每乘兴相过,赋诗饮酒,累日乃去。一日,渎过野曰:"前夕恍惚若梦中,床下有人曰:'行到水穷处,未知天尽时。'即正其误曰:'盍云:坐看云起时。'对曰:'此浮云安得兴起邪?'渎水命,此必死期,故来访别。"还家,未几卒。

史延寿,嘉州人,以善相游京师,贵人争延之。视贵贱如一,坐辄箕踞称我,人号曰史不拘,又曰史我。吕文靖公尝邀之,延寿至,怒阍者不开门,批之,阍者曰:"此相公宅,虽侍臣亦就客次。"延寿曰:"彼来者皆有求于相公,我无求,相公自欲见我耳。不开门,我竟还矣。"阍者走白公,开门迎之。延寿挟术以游于世,无心于用舍,故能自重也如此。

建安黄晞庆历中游京师,高文苦学,为世称重。著书数万言,自号聱隅子。贫有守,不干科举,而貌寝气寒,不自修饰。石守道在太学,率学官生员厚礼币,聘为学正,晞逾垣避之。故欧阳文忠诗曰:"羔雁聘黄晞,晞惊走邻家。"近臣交章荐其道义,诏授京官,将以为国子司业。拜命数日,一夕,暴卒于景德僧舍,士大夫惜之。

庆历末,杜祁公告老,退居南京,与太子宾客致仕王涣、光禄卿致仕毕世长、兵部郎中、分司朱贯、尚书郎致仕冯平为"五老会",吟醉相欢,士大夫高之。祁公以故相耆德,尤为天下倾慕,兵部诗云:"九老且无元老贵,莫将西洛一般看。"五人年皆八十余,康宁爽健,相得甚欢,故祁公诗云:"五人四百有余岁,俱称分曹与挂冠。"而毕年最高,时已九十余,故其诗云:"非才最忝预高年。"是时欧阳文忠公留守睢阳,闻而叹慕,借其诗观之,因次韵以谢,卒章云:"闻说优游多唱和,新诗何惜借传看。"

初,欧阳文忠公与赵少师槩同在中书,尝约还政后再相会。及告老,赵自南京访文忠公于颖上。文忠公所居之西堂曰"会老",仍赋诗以志一时盛事。时翰林吕学士公著方牧颖,职兼侍读及龙图,特置酒于堂,宴二公。文忠公亲作口号,有"金马玉堂三学士,清风明月两闲人"之句,天下传之。

治平初,龙图阁直学士赵公抃镇成都,有张山人者,不知所居,数至李道士舍。一日,语李曰:"白龙图公促治装,行当入觐,且参大政矣。"赵闻而异之,喻李令与俱来。及再至,李邀欲同见公,张固辞曰:"与公相见自有期,今未可。"李具以告公。公曰:"俟其再至,密令人来白,当屏去导从,潜往见之。"他日又至,李方遣人白公,而张遽求还,留之,不可,曰:"龙图且来矣。"公方命驾,闻其去乃止,益奇之。未几果膺召命,乃参政柄。及出镇青社,熙宁五年,张遗书云:"当来相见。"公大喜,语宾佐曰:"张山人且来矣。"久之,无耗。至秋,公奉诏再领成都,方悟曰:"山人言来,乃吾当往也。"故将行,先寄张诗,有"不同参政初时入,谓吕馀庆。也学尚书两度来。谓张乘崖。到日先生应笑我,白头犹自走尘埃"之句。

富韩公熙宁四年以司空归洛,时年六十八。是年司马端明不拜枢密副使,求判西台,时年五十三。二公安居冲默,不交世务。后十一年,当元丰五年,文潞公留守西京,慕唐白乐天"九老会",于是悉聚洛中士大夫贤而老自逸者,于韩公第置酒相乐,凡十二人。即又命郑奂图形妙觉僧舍,各赋诗一首,时人呼之曰"洛阳耆英会",而司马为之序。其相聚也,用洛中旧俗,叙齿不尚官。时韩公年七十九,潞公与司封郎中席汝言皆七十七,朝议大夫王尚恭七十六,太常卿赵丙、秘书监刘几、卫州防御使冯行已皆七十五,天章阁待制楚建中七十三,朝议大夫王慎言七十二、太中大夫张问、龙图阁直学士张焘皆七十,司马六十四,故潞公诗云:"当年尚齿尤多幸,十二人中第二人。"韩公《赠潞公》诗云:"顾我年龄虽第一,在公勋德自无双。"潞公《再答韩公》诗云:"惟公福禄并功德,合是人间第一人。"是时宣徽使王公拱辰年七十,留守大名,贻诗二公,愿预其数,凡十三人也。

司马温公优游洛中,不屑世务,弃物我,一穷通,自称曰齐物子。元丰中,秋与乐全子访亲洛汭,并辔过韩城,抵登封,憩峻极下院,趋嵩阳,造崇福宫、紫极观,至紫虚谷,寻会善寺,过辕辕,遽达西洛。少留广度寺,历龙门,至伊阳,以访奉先寺。登华严阁,观千佛岩,蹑山径,瞻高公真堂。步潜溪,还宝应,观文、富二公庵,之广化寺,拜汾阳祠。下涉伊水,登香山到白公影堂,诣黄龛院,倚石楼,临八节滩,还伊口。凡所经游,发为咏歌,归叙之以为《洛游录》,士大夫争传之。

荆南朱昂博学有清德,晚年以工部侍郎乞骸骨,既得谢,真宗赐坐,宠诏留候秋凉还荆南,故吴淑赠行诗曰:"浴殿夜凉初阁笔,渚宫秋晚得悬车。"比行,赐宴玉津园,侍臣皆赴,坐中,内侍传诏各赋诗饯行,凡四十八篇,独李翰长维诗最奇绝,云:"清朝纳禄犹强健,白首还家正太平。"昂弟协亦退居里中,年皆八十余,时谓"渚宫二疏"。主帅表其闾曰东、西致政坊。昂薨,门人谥曰正裕先生。

刘孟节先生槩,青州寿光人。少师种放,笃古好学,酷嗜山水,而天姿绝俗,与世相龃龉,故久不仕。晚得一名,亦不去为吏。庆历中,朝廷以海上岠嵎山地震逾年不止,遣使访遗逸,安抚使以先生名闻,诏命之官,先生亦不受就。青之南有冶原,昔欧冶子铸剑之地,山奇水清,旁无人烟,丛筱古木,气象幽绝。富韩公之镇青也,知先生久欲居其间,为筑室泉上,为诗并序以饯之曰:"先生已归隐,山东人物空。"且言先生有与于名,不幸无位,不克施于时,著书以见志,谓先生虽隐,其道与日月雷霆相震耀。其后范文正公、文潞公皆优礼之,欲荐之朝廷,先生恳祈,亦不敢强,以成其高。先生少时,多寓居龙兴僧舍之西轩,往往凭栏静立,怀想世事,吁唏独语,或以手拍栏干。尝有诗曰:"读书误我四十年,几回醉把栏干拍。"司马温公《诗话》所载者是也。

王樵字肩望,淄川人也。性超逸,深于《老》、《易》,善击剑,有概世之志。庐梓桐山下,称淄右书生,不交尘务。山东贾同、李冠皆尊仰之。咸平中,契丹内寇,举族北俘。潜入虏中访其亲,累年不获,乃归。持诸丧，刻木为亲，葬殁山东，立祠，奉侍终身。太守刘通诣樵，逾垣遁去。其后高弁知州事，范讽为通判，相与就见之。李冠以诗寄之曰："霜台御史新为郡，棘寺廷评继下车。首谒梓桐王处士，教风从此重诗书。"晚自号赘世翁，为赞，书其门曰："书生王樵，薄命寡志，无益于人，道号赘世。"豫卜地为圹，卵名茧室，中垒石榻，刻铭其上曰："生前投躯，以虞不备，殁后寄魄，以备不虞。"后感疾，即入茧室中，自掩户，乃卒，命以古剑殉葬。著《游边集》二卷、《安边》三策、《说史》十篇，皆已散失。济南李芝为《赘世先生传》，载其事。治平中，淄川僧文幼募资，即其地为茧室，亦起堂祠樵。文幼薄能为诗，精阴阳地理。

蒲中李渎处士父莹，国初为侍御史，有直声。渎少好学，有高志，长庐中条山下，以泉石吟咏自乐，未尝造州县。真宗祀汾阴，诏赴行在，渎不起，有表称谢云："十行温诏，初闻丹凤衔来；一片闲心，已被白云留住。"真宗制诗以赐之。时有同郡刘巽，治《三传》，年老博学，躬耕不仕，以讲授为业，真宗亦以一绝赐之。

卷第五

官　　制 凡二十七事

唐以中官为枢密使，与中尉谓之"内贵"。梁为崇政院使，后唐旧有带相印者，分东、西二院。晋废，国初复置，与中书为二府，亦名二院，但行东院印耳。其后除授不常，以检校官充使不带正官自赵普始，带节钺自曹彬始，签书院事自石熙载始，文资正官充使亦自熙载始，知院自张士逊始，以文臣知院兼使相自王钦若始，签书兼藩镇自曹玮始。今官制复古，而枢密之职如旧，与三省长官通谓之执政矣。

唐末始分度支、盐铁、户部，专领财赋；唐明宗始号三司，总以一使；本朝或曰判三司，或曰权判，或曰点检三司。开宝中，以参知政事二人点检三司，既而更用宰相为提举。兴国中，分二使同判三司，逾年，复析为三使。淳化中，又合为三司，而又以天下为十道，二京为左、右计，置二计使，分判十道。别命三司揔计使判左、右计事，三司如故。咸平末，三司各置副使，其官轻，则曰发遣，迄元丰初不废，今悉归尚书省。

五代以来，诸州马步军院虞候以衙校为之，太祖虑其任私，高下其手，乃置司寇参军，以进士、九经及第人充之。河东柳开先生初及第，为宋州司寇参军。后又改曰司理参军，至今俚俗犹以司理院为马步院。

建隆中，择才能之士出宰大邑，大理正祁屿知大名府馆陶县，监察御史王祐知魏县，选朝官知县自此始。太祖重县令之任至矣。

国朝孔子之后率袭封文宣公。至和中，祖择之言："文宣，圣谥号，后嗣不当以为封爵。"下学士院更定美称，仍改封其四十九代孙宗愿为衍圣公。元祐初，孔宗翰言："先圣之后，世袭封爵以奉祠事，末流不竞，或领官他州，至有公爵为县尉廷参州守者。"下至庙户减耗，祠宇隳隤,公悉条具以闻。愿下所司,讲究废堕,增锡土田,别异世俗之人,使天下知朝廷尊崇孔子之意。诏改衍圣公为奉圣公,承爵者即除寄禄官,不领他职。其考迁改,所给廪俸并视在官。给田亩,赐监书,置学官以训其子弟。

故事,亲王女皆封郡、县主。赵普以元勋,诸女封郡主,高怀德二女特封县主,当时礼官不言其失,谏官不言其非,此典礼之误也。

国初赵普为相,朝廷欲用薛居正、吕馀庆同政事而不欲令与普齐,难其名号。诏问,陶谷曰:"唐有参知政事、知枢务,下宰相一等。"故以命居正等参知政事,然不押班,不知印。案唐裴寂以仆射参知政事,郭待举以资任浅,于中书、门下同受承进止平章事,然则平章下于参政,谷乃以为参政下宰相一等,失之远矣。其后因之不改,迨官制更革始罢。

国初,州郡自置邸吏散在都下,外州将吏不乐久居京师,又符移行下率多稽迟,或漏泄机事。太平兴国初,起居郎何保枢奏置铃辖诸道都进奏院以革其弊,人给铜朱记一纽。院即石熙载旧第也。起居,王沂公外祖,而予妻曾祖父也。

国初,江、淮、湖、浙上供军粮岁无定数。景德中,发运使李溥奏立年额,诏岁以六百万斛为定,有灾即申乞减数,至今以为常。

国初,令民田七顷纳牛皮一张、角一对、筋四两。建隆中,令供纳价钱一贯五百文,税额中牛皮钱是也。

国初,南郊青城,久占民土,妨其耕稼。又其中暖殿止是构木结彩,至尊所御,非所以备不虞。天圣中,魏馀庆上言:"乞优给价直,收买民田,除放租赋,为瓦殿七间。"依奏。

升朝官每岁诞辰、端午、初冬赐时服,止于单袍。太祖讶方冬犹赐单衣,命易以夹服。自是士大夫公服冬则用夹。

前朝宰相朝罢赐坐,凡军国大事参议之,从容赐茶而退,所谓坐而论道也。其他事无小大,一用熟状拟进,入上亲批,可其奏,印以御宝,谓之印画。降出,宰相奉行。国初,范质等在相位,自以前朝旧臣,乃具札子,面取进止,退,各执所得旨,同列连书以记之。自此奏覆浸多,而赐茶之礼亦寝,无复坐论也。

王元之尝请宰相于政事堂、枢密于都堂同时见客,不许本厅私接;议者以为是疑大臣以私也,遂寝。或以元之所请为当,但难其率宰相于政事堂共见耳。其后二府乞以朝退时聚厅见客,以杜请谒,从之,卒如元之之言。

太宗慎重刑罚,淳化二年,始置审刑院,以覆大理奏案。以近臣一人知院事,设详议六人,择京朝晓律、常任法寺官者为之。每奏,一人从知院上殿,例得赐绯,故士大夫以审刑为朝官染院。

旧制,郊祀礼成,驾还阙门,有勘契之仪。其制以札为箭,长三尺,镂金饰其端,缄以泥金绛囊,金吾掌之。金涂铜为镞,长三寸,其端所以合符者也,贮以泥金紫囊,驾前掌之。驾至端门,阍吏阖扉以问曰:“南来者为谁?”驾前司告曰:“天皇皇帝。”奏请行勘箭之仪,交勘,奏曰:“勘讫。”又审曰:“是否?”赞者齐声曰:“是。”三审,乃启扉,列班起居,驾乃入。契刻檀为鱼,金饰鳞鬣。别刻檀板为坎,足以容鱼。驾前掌鱼,殿前掌板,驾过殿门,合鱼乃启扉,其制如勘箭之仪。熙宁中,诏罢其制。

至道中,朝廷始遣洛苑副使杨允恭、作坊副使李延遂、太子中舍王子舆为江、淮、两浙发运使,兼制置茶盐,就淮南创为局。后兼领荆湖路,又旋加“都大”字。后废,景德中复置,迄今事权尤重。

蔡文忠公自为布衣时,已恢廓有大志,而姿表秀异,见者多耸动。祥符中,擢进士,为天下第一。真宗临轩,目其堂堂英伟,进退有法,大悦之,顾寇莱公曰:“得人矣!”特诏给金吾卫士七人清道,时以为荣。寻诏:“自今第一人及第,给金吾七人当直,许出两对引喝。”上闻公单贫,佣僦仆隶,故有是命。

陈尧咨以龙图阁学士换观察使,自陈:“臣本儒生,少习俎豆,今荷圣恩,易以武弁,愿佩金鱼以示优异。”特诏从之。

旧制,枷惟二等,以二十五斤、二十斤为限。景德初,陈纲提点河北路刑狱,上言请制杖罪枷十五斤为三等,诏可其奏,遂为常法。

景德中,真宗御笔六事以示近辅,三曰提点刑狱,乃于朝臣及武臣使副中选清干者,使提点一路刑狱,按举官吏贤否。后又加劝农使,迄今不废,而武臣废置不常。

京师品官之丧，用浮屠法击钟，初无定制。景德中，令文臣卿监、武臣大将军、命妇郡夫人以上，令于天清、开宝击钟，至今为例。

祥符二年，朝廷以京狱讼之繁，惧有冤滞，始置纠察在京刑狱司，以省冤滥，命知制诰周起、侍御史赵湘为之。凡在京师刑狱，御史、开封府皆得纠之。起虑抑屈者不能尽知，乞许令诣纠察陈状，从之，但不鞫狱。

祥符中，诏以圣祖神化金宝牌分给京城寺观及外州名山福地。牌长二寸，阔一寸，面文曰"玉清昭应宫成，天尊万寿金宝"，其背文曰"永镇福地敕"。四周皆隐起蛇龙花卉之状，盛以绛纱囊，髹涂函，御题其上。

天圣中，诏每遇覃霈，朝臣中兄弟俱该封赠者，许列状陈乞，特比常例，优加封叙。从王子融请也。

《周礼》，卿大夫卒，太史于葬前赐谥，祖奠之日，读诔。后世有司失于申明典礼，故须门生故吏录行状，子孙请谥。近世遂有既葬而谥号终不及者。天圣中，孙奭、王子融言："乞臣僚薨谢不待本家请谥，在官品合加谥者，并令有司举行。"诏从之。

宣徽使位在枢密使之下，副使之上。咸平初，周莹为宣徽使，有所避，乞居其下，从之，遂为例。

卷第六

贡 举凡十四事

国初,诏诸州贡举人员群见讫,就国子监谒先师,迄今行之,循唐制也。

苏德祥,汉相禹珪之子,建隆四年进士第一人。登第初,还乡里,太守置宴以庆之。乐作,伶人致语曰:"昔年随侍,尝为宰相郎君;今日登科,又是状元先辈。"言虽俚俗而颇尽其实。德祥孙丕有高行,少时一试礼部不中,拂衣去,居洓水之滨,五十年不践城中。欧阳文忠公镇青,言于朝廷,赐号冲退处士,年八十余卒。

进士之举至今,本朝尤盛,而沿革不一。开宝六年,因徐士廉伐鼓诉讼,帝御讲武殿覆试,覆试自此始。赐诗自兴国二年吕蒙正榜始。分甲次自兴国八年王世则榜始。赐袍笏自祥符中姚晔榜始。赐宴自吕蒙正榜始。赐同出身自王世则榜始。赐别科出身自咸平三年陈尧咨榜始。唱名自雍熙二年梁颢榜始。弥封、誊录、覆考、编排皆始于景德、祥符之间。讲武后殿,今日崇政殿也。

唐制,礼部试举人,夜试以三鼓为定。无名子嘲之曰:"三条烛尽,烧残学士之心;八韵赋成,笑破侍郎之口。"后唐长兴,改令昼试。侍郎窦贞固以短暑难成,文字不尽意,非取士之道,奏复夜试。本朝引校多士,率用白昼,不复继烛。

雍熙中,著作佐郎乐史特赐进士及第,诏附于兴国五年第一等之下,赐第附榜始于此。

太宗朝,赵昌国者,自陈乞应百篇举。帝亲出五言四句为题,云:"秋风雪月天,花竹鹤云烟。诗酒春池雨,山僧道柳泉。"凡二十字,字为五篇,篇四韵。至晚,仅能成数篇,辞意无足取,亦赐及第,用劝学者。

真宗朝,钱希白贤良方正擢第,庆历中,子明逸子飞、彦远子高相继制举登科;嘉祐末,苏轼子瞻、弟辙子由同年制策入等:衣冠以为盛事。故子高谢启云:"两朝之间,相继者父子;十年之内,并进者弟兄。"子瞻《汝州谢表》曰:"兄弟并窃于贤科,衣冠或以为盛事。"而子瞻入等尤高,故其谢启曰:"误玷久虚之等。"希白从孙藻,皇祐五年登进士第。是年说书中选,后十年复登制科,其谢启曰:"十年二第,屡玷于主司;一门四人,无替于祖烈。"

咸平元年,开封发解以高辅尧为首,钱易次之。易有时名,不得魁荐,颇不平之,上书言试题语涉讥讽。辅尧亦请以解头让易。上命钱若水覆考,既而上以为士人争进,几不可长,止令擢文行兼著者一人为首,乃以孙暨为第一,辅尧次之,易第三,余如旧。

祥符二年,真宗东封岱山,六月,放梁固已下进士三十一人及第。四年,祀后土于汾阴,十一月,放张师德以下三十一人及第。固,雍熙二年状元颢之子;师德,建隆二年状元去华之子。两家父子状元,当时士大夫荣之。甘棠魏野闻而以诗贺之曰:"封禅汾阴连岁榜,状元俱是状元儿。"

和鲁公凝,梁贞明三年薛廷珪下第十三人及第。后唐长兴四年知贡举,独爱范鲁公质程文,语范曰:"君文合在第一,暂屈居第十三人,用传老夫衣钵。"时以为荣。其后相继为相。当时有赠诗者曰:"从此庙堂添故事,登庸衣钵尽相传。"

嘉祐中,苏辙举贤良对策,极言阙失,其略云:"闻之道路,陛下宫中贵姬,至以千数,歌舞饮酒,欢乐失节。坐朝不闻咨谟,便殿无所顾问。"考官以上初无此事,辙妄言,欲黜之。仁宗曰:"朕设制举,本待敢言之士。辙小官如此直言,特与科名。"仍令史官编录。

张邓公士逊以监察御史为诸科考试官,以举子有当避亲者,求免去,主司不从。真宗嘉之。自后试官亲戚,悉牒送别头考校,至今著为令。

熙宁中,孔文仲举贤良方正,制策入等,以忤时政,不推恩。孙靖公固言:"科举徒取一日之长,言之虚华不足校,矧制举本以求直言,岂以忤而黜之耶!今朝廷以文仲之言足以惑天下,臣恐天下不惑文仲之言,而以文仲之黜为惑。"论者嘉之。

庆历五年,仁宗临轩赐进士第,审刑详议官祝谏侍廷中,男唐中甲科,次男虞、弟谘、一婿忘其姓名。皆擢第,季弟许得同出身。每唱一名,即称谢,是日谏五拜殿下。仁宗以问近臣,对以皆子弟也。仁宗嘉赏之。

文　　儒书籍附凡十四事

太祖诏卢多逊、扈蒙、李昉、张澹、刘兼、李穆、李九龄修《五代史》,而蒙、九龄实专笔削。初以《建康实录》为本,蒙史笔无法,拙于叙事,五代十四帝,止五十三年,而为纪六十卷,其繁如此。传事尽于纪,而传止次履历,先后无序,美恶失实,殊无足取。天圣中,欧阳文忠公与尹师鲁议分撰。后师鲁别为《五代春秋》,止四千余言,简有史法。而文忠卒重修《五代》,文约而事详,褒贬去取得《春秋》之法,迁、固之流。

太宗锐意文史,太平兴国中,诏李昉、扈蒙、徐铉、张洎等门类群书为一千卷,赐名《太平御览》;又诏昉等撰集野史为《太平广记》五百卷;类选前代文章为一千卷,曰《文苑英华》。太宗日阅《御览》三卷,因事有阙,暇日追补之,尝曰:"开卷有益,朕不以为劳也。"

白乐天尝谪官江州,多游东林,即今庐山寺。有天祐中僧修睦记云:"寺有莲花藏,藏有《白集》七十卷,传云居易自写,同远大师文集不许出寺。广明初,高骈强取去以遗相。"后四十余年,有王长史者,遍求善本校正,录而藏之。旋又为长史易去,颇多舛谬。真宗诏取至都下,令侍臣以诸本参校缮写,付寺僧谨藏之。时真宗对侍臣语及居易与元稹齐名,而居易保持名节,终始不易,故不至相位,叹惜久之。

真宗朝,殿中丞崔颐正直讲国子监,以老疾不任朝请,乞以本官致仕,从之,仍为直讲。真宗优儒学,故遂其闲逸而不罢其职俸焉。

晏元献公七岁文章敏妙,张文节公荐之,真宗召见,赐出身。后二日,又召试诗赋,公徐曰:"臣尝私为此赋,不敢隐,乞易题。"真宗益叹异之,乃易以他题。

青州寿光张荷若山，早依田告为学。告卒，入终南，师事种放，而吴遁、魏野、杨朴、宋澥皆友也。性高洁，为文奇涩。初，高弁公仪作《帝形》五篇以示放，放叹曰："隋唐以来，缀文之士罕能及之。"学者翕然竞传其文。及荷著《过非》九篇成，放见之，曰："又在《帝形》之上矣。"终以连蹇不遇卒。子孙流落，荷之文散亡无几。捃收其遗，得文若诗凡一百一十五篇，为三卷，藏于家，将以遗荷之子孙焉。

唐杜暹家书跋尾皆自题诗以戒子孙，曰："清俸买来手自校，子孙读之知圣教，鬻及借人为不孝。"京苏维岳家杜氏书尤多，所题皆完。近年朝议大夫谢晔好蓄书，率自校正，以二十厨贮之，取杜诗一首二十字，厨刻一字，以别书部。谢氏子孙多贤令，子仲弓。广文，孙牧，皆登甲科。少微，尝举茂才。

庆历中，滕子京谪守巴陵，治最为天下第一。政成，重修岳阳楼，属范文正公为记，词极清丽。苏子美书石，邵𫗧篆额，亦皆一时精笔。世谓之"四绝"云。

刘原父文章敏赡，尝直舍人院。一日，追封皇子、公主九人，方下直，为之立马却坐，一挥九制成，文辞典丽，各得其体，真天才也。欧阳文忠公闻而叹曰："昔王勃一日草五王策，此未足尚也。"

济州晁端友，文元公之孙也，沉静清介，君子人也。工文辞，尤长于诗。常自晦匿，不求人知，而人亦无知者。以进士从仕二十余年，为著作佐郎以卒。其子补之录诗三百六十篇，求子瞻序之。方子瞻通守杭也，端友为新城令，与游三年，知其君子而不知其能为诗。夫以端友之文，子瞻之明且好贤，而又相从久，犹有所不知，则士之蕴文行，不自求闻达，卒不为世知者，可胜数耶！

孙洙巨源博学长才，初举贤良方正，奏论五十篇，皆陈祖宗政事，指切治体，推往验今，著见得失，天下争传写之，目曰《经纬集》。韩魏公览而叹曰："恸哭太息以论天下事，今贾谊也。"

赵师民周翰博学醇德，为本朝名儒，尤为仁宗所眷。自登第即入学馆，豫校雠，登经筵，参侍几三十年。晚以龙图阁直学士出守耀州，仁宗亲笔御诗以宠其行，序有"儒林旧德，出守近藩"之语。后宋次道撰公碑，题其额曰"儒林旧德之碑"，世以为荣。

龙昌期陵州人,祥符中别注《易》、《诗》、《书》、《论语》、《孝经》、《阴符》、《道德经》,携所注游京师。范雍荐之朝,不用。韩魏公安抚剑南,奏以为国子四门助教。文潞公又荐,授校书郎,讲说府学。明镐再奏,授太子洗马致仕。明堂泛恩,改殿中丞。又注《礼论》,注《政书》、《帝王心鉴》、《八卦图精义》、《入神绝笔书》、《河图》、《炤心宝鉴》、《春秋复道三教图》、《通天保正名等论》、《竹轩小集》。昌期该洽过人,著撰虽多,然所学杂驳,又好排斥先儒,故为通人所罪,而其书亦不行。年八十九卒,鲜于子骏为志其墓。

李畋渭卿自号谷子,少师任奉古,博通经史,以著述为志。性静退,不乐仕进,士大夫多称之,为张乖崖所器。少日,一出庭试,后隐居永康军白沙山,后生从之学者甚众。任中正荐,乞赐处士之号,诏以为试校书郎。凌策又荐之,召授试怀宁主簿、国子监说书,改大理丞、知泉州惠安县。久之,以先所著未成,再乞国子监说书,以终其业。著《孔子弟子传赞》六十卷上之,得知荣州。秩满,以国子博士致仕。畋撰《道德经疏》二十卷、《张乖崖语录》二卷、《谷子》三十卷、歌诗杂文七十卷。年九十。

先　　兆凡二十一事

艾颖侍郎少以乡贡入京师,中途逢一叟,谓颖曰:"子相甚贵,此去当登第。"授颖书一策,乃《春秋左氏传》,颖熟读之。礼部试《铸鼎象物赋》,出所得书,颖甚喜,援笔立成,若有相者。主司爱叹,擢至甲科。

王元之谪守黄州,有二虎斗,一虎死,食之殆半。群鸡夜鸣。日官谓守土者当其咎,真宗惜其才,即徙蕲州。谢表有"茂陵封禅之书,止期身后"之语,帝深异之,促诏还台,未行,捐馆。帝甚叹息之。

初,寇莱公十九擢进士第,有善相者曰:"君相甚贵,但及第太早,恐不善终;若功成早退,庶免深祸。盖君骨类卢多逊耳。"后果如其言。

丁朱崖当政日,置宴私第,忽语于众曰:"尝闻江南国主钟爱一女，一日谕大臣曰：'吾止一女，姿仪性识特异于人，卿等为择佳婿，须年少美风仪，有才学，门第高者。'或曰：'洪州刘生为郡参谋，年方弱冠，风骨秀美，大门尝任贰卿，博学有文，可以充选。'国主亟令召至，见之大喜，寻尚主，拜驸马都尉。鸣珂锵玉，出入禁闼，良田甲第，珍宝奇玩，豪华富贵，冠于一时。未几，主告殂，国主悲悼不胜，曰：'吾将不复见刘生。'削其官，一物不与，遣还洪州。生恍疑梦觉，触目如失。"丁笑曰："某他日不失作刘参谋也。"席中莫不失色。未几，有海上之行，籍其家，孑然南去。何先兆之著也。

吴文肃公奎将举贤良，一夕，梦入魏文帝庙，召升殿，顾问群臣优劣。公未及对，帝曰："韩延寿为最。"是夕，门下抄书吏杨开者，梦公读《杨阜传》。翌日，告公。公异之，即取二传览之。及秘阁试六论，一题乃"韩延寿杨阜孰优论"，公遂膺首选。

王元规景仁，庆历末将赴吏部选。一夕，梦一人衣冠高古若术士者，因访以当受何地、官期早晚。书八字与之云："时生一阳，体合三水。"既觉，不悟其意也。及注官河南府河清主簿，凡三字皆从水，到官日正冬至。

赵少师少名公禋，一夕，梦人持名籍，有金书"赵概"字，及觉，改名概。又尝梦通判汝州。既登甲科，果通判海州。或以篆文校之，"汝"、"海"字颇相类。

歙州三灵山人程惟象，少逢异人，授要诀，退而精思其术，言人贵贱寿夭多中。御史马遵应举时问于惟象，言："二十四当成名，不出十年，当知南方大邑。仍损初妻，再婚徽姓贵族。"皆如其言。后为御史，言事责宣城。过仪真，见惟象，言："不久复职，定寿四十七。"俄复京本曹，数日，还台卒，年四十七。吕景初自殿中御史出通判江宁府，以父讳欲乞换郡，惟象曰："不必，行别有命。"果移卫州。张宣徽方平问一丁酉人命，曰："天寅星行初度，不当作内臣，寿止五十四。"乃中人也，是年，除内相，未拜命而卒。庆历中，三发运使向传式、袁杭、许元问命，言："二月、八月俱动，惟许动中见喜，谓动非动。"二月，袁召充省副，八月向为省副，许至八月自判官迁发运副使，迁而不离也。仍言许终作两制，众以为许门荫难登近侍，后赐出身，遂为待制。杜杞移浙漕,惟象曰:"此去百日,三朝官俱寿尽。"乃比部陈执古、内翰苏绅、待制滕宗谅。故杞赠诗云:"有验如有神。"惟象于所居构瑞墨阁,士大夫多留诗其上。

韩存宝本西羌熟户,少负才勇,喜功名,累立战功,年未四十,为四方馆使、泾原总管。一日,郡僚绘其像渭州僧舍,或为其色不类,令以粉笔涂其面,将别图貌。未及,促诏赴阙,命经制戎、泸贼寇。人睹其无首,咸以为不祥。明年,存宝果以奏功不实伏诛。

冯当世少孤,寓武昌,纵饮不羁。一夕,醉卧郊外溪边。有渔者罢渔,舣舟困眠,有人叱之曰:"冯侍中在此,安得不避!"渔者惊起,步月岸上,一人衣冠熟寝草间。询之,知为冯也,即拜曰:"秀才他日贵显,幸勿忘。"具以梦告,因请卧舟中,以避风露。冯睡至晓,与其载入郡。其后冯贵,使访渔舟,不复见。

庆历末,武昌阳传为予言:杨寘审贤少聪,既长,文辞学行为天下所称。十九游太学,补试,遂冠诸生。后试国学、礼部、殿前,皆为天下第一。得将作监丞,通判颍州。未行,丁母忧,哀毁致疾,度必死,曰:"友人莫孝先尝梦我龙首山人,龙首,盖言四为贡首;山人,无位之称也,我必死矣。"后数日果终,年三十一,天下痛惜之。

王猎,酸枣人,天圣末,累举未第。一夕,梦紫衣吏召,至一宫门,守卫甚盛,揖入升厅。对拜者紫衣金带,年三十许,礼甚恭,既坐,辞甚逊,觉后私记其年月。猎后困于场屋,久之推恩五举,得同出身,登仕。又二十馀年,年且七十,始为尚书员外郎。将乞身以去,故人或止之。会英庙入继为皇子,近臣荐公为宫僚。赴皇子位,门阑守卫,宛如梦中,及升厅拜揖,则衣冠仪貌亦与所梦无异。归视箧中所记,乃英庙所生时也。侍读宫邸未及期年,英庙即位,遂登侍从。吴文肃公尝对予言:"余天圣末方为长垣主簿,与猎友善,故闻之详。"

进士李某者,久未第,一日讯命日者,曰:"君遇三韩即发禄。"李乃遍谒贵人韩姓者,冀蒙推毂,而卒无知者。元丰中,朝廷遣使高丽,有与李故人者奏名同往。至其国,考图籍,乃古三韩之地也。使还,赐出身,果符日者之言。以下原本缺一叶。　　以上原本缺一叶。此乃陈州崔度为安厚卿所辟,归得出仕耳。

孙莘老初为太平令，有吕同者学于孙。一夕梦试南宫，中高选，主文，孙也，衣绯鱼。觉以告孙，孙曰："子学已充，料不日取高第，而某方仕州县，何事文衡？况朱衣岂主文服耶？"熙宁初，吕赴礼部试，孙以记注、知谏院同知贡举，尚衣绯。吕大喜，必在高等。俄又被黜，大怅恨，自放江湖，无复仕宦意。元丰初，吕以五举免解，再赴礼部。孙以秘书少监知举，尚衣五品服。榜出，吕预高荐。及赞谢，孙厅宇侍执，宛如平昔之梦。

皇祐二年，陈琪知邕州。冬至日，琪旦坐厅事，僚吏方集，有白虹贯庭，自天属地。明年五月，龙斗于城南江中，驰逐往来，久之江水暴涨。未几，侬智高陷二广。前此，陶弼以诗贻杨畋，请为备，云"虹头穿府署，龙角陷城门"也。

元丰中，汶上梁逖一夕梦奏事殿中，见御座前揭一牌，箔金大书"黄裳"二字，意必贵兆也，因改名黄裳。明年，御前唱进士第，南剑黄裳为天下第一。

王彦祖初名亢宗，庆历二年，方胜冠，廷试《应天以实不以文赋》罢，寝旅舍，梦一人告之曰："君今年未当中第。"彦祖尤不平，且责之曰："子未尝见予程文，又未始知予生月，何从而知未中第？"其人笑曰："君若中选，赋题'天'字在下，君当三中选，皆然。今题'天'字在上第二字，是以知其未也。"及唱名，果不预选。次举春试，不利于礼部。八年再预廷试，盖《轸象天地赋》又复黜。至皇祐五年，免解赴礼部。前以卧疾困眠，梦至一大府，见二人，因恳求生平禄命，二人笑不答。再叩来年得失，其人指面前池水曰："待此水分流，君即登第也。"觉，以为无理，而池水不能分流，决无中第望矣。久之，乃寤，即更名汾，以符水分之兆。及试礼部《严父莫大于配天赋》，廷试《圆丘象天》，皆中高选。其后召试学士院，又赋《明王谨于事天》，得贴馆职。皆符梦中之言也。

元祐四年夏，余初至河东，一日，与郡僚旅见提刑孙亚夫，孙曰："近日府中角声不和，应在太守。"时蒲资政方到府未逾月，落职知虢州。数日，余独见孙，曰："角声愈不和矣。"未几，王震待制自同复镇蒲，七日，丁母夫人忧去。至九月中，孙复语郡官曰："角声不和尤甚前日。"寻报蒲中行龙图自襄移蒲，十月到官，明年春病卒。其验如此，不知何术也。

成都谯开博极群书而不求荣利，简静冲退，好修身之术。日游大慈寺，博访异闻，以广所学。久为蜀中士大夫所称，文同与可尤重之，目曰大慈仙。治平三年上巳夜，有人触其户，开秉烛视之，一叟白须布裘，酣寝户外。开呼之使去，行且语曰："明年正月，圣人当出。"开意其狂醉，不以为怪，视睡处，一烧饼，一药帖，逐之已不见。与可取饼、药以去。明年正月，神宗嗣位。

蜀人任玠温如晚寓宁州府宅，一夕，梦一山叟贻诗曰："故国路遥归去来。"玠和之曰："春风天远望不尽。"既觉，自笑曰："吾其死乎！"数日，不病而逝。

术士李某^{忘其名}者，亦传管辂轨格法，画卦影颇有验。今丞相顷尝问之，卦影画水边一月，中有十口，未几，除知湖州。又卢龙图秉使占，卦影亦同，乃除知渭州。字虽不同，而其影皆符。

卷第七

歌　　咏凡二十四事

艺祖收河东凯旋，范杲叩马进诗曰："千里版图来浙右，一声金鼓下河东。"上爱叹不已，增秩，赐章服。杲，鲁公质之侄，好学有文，时称高、梁、柳、范，谓高弁、梁周翰、柳开与杲也。

杨侍读徽之以能诗闻于祖宗朝。太宗知其名，索其所著。以百篇献上，卒章曰："少年牢落今何幸，叨遇君王问姓名。"太宗和赐，且语近臣曰："徽之文雅可尚，操履端正。"拜礼部侍郎，选十联写于御屏。梁周翰贻之诗曰："谁似金华杨学士，十联诗在御屏风。"《江行》云："犬吠竹篱沽酒客，鹤随苔岸洗衣僧。"《寒食》云："天寒酒薄难成醉，地迥楼高易断魂。"《塞上》云："戍楼烟自直，战地雨长腥。"《嘉阳川》云："青帝已教春不老，素娥何惜月长圆。"又云："浮花水入瞿塘峡，带雨云归越巂州。"《哭江为》云："废宅寒塘水，荒坟宿草烟。"《元夜》云："春归万年树，月满九重城。"《僧舍》云："偶题岩石云生笔，闲绕庭松露湿衣。"《湘江舟行》云："新霜染枫叶，皓月借芦花。"《宿东林》云："开尽菊花秋色老，落迟桐叶雨声寒。"

王元之谪黄州，实由宰相不悦，交亲无敢私见，惟窦元宾握手泣言于阁门曰："天乎，使公屡出，岂非命耶！"士大夫高之。元之以诗谢之云："惟有南宫窦员外，为予垂泪阁门前。"

元之初知制诰，上疏雪徐铉，贬商州；召入为学士，坐辨孝章皇后不实，谪滁州；复召知制诰，撰《太祖尊号册》，坐轻诬，谪黄州，作《三黜赋》以自述。时苏易简知举，适放榜，奏曰："禹偁翰苑名儒，今将全榜诸生送于郊。"上可其奏。诸生别元之。口占一绝，付状元孙何曰："为我多谢苏易简云：'缀行相送我何荣，老鹤乘轩愧谷莺。三入承明不知举，看人门下放诸生。'"

　　杨文公初为光禄丞，太宗颇爱其才。一日，后苑赏花宴词臣，公不得预，以诗贻诸馆阁曰："闻戴宫花满鬓红，上林丝管侍重瞳。蓬莱咫尺无因到，始信仙凡迥不同。"诸公不敢匿，以诗进呈。上诘有司所以不召，左右以未贴职，例不得预。即命直集贤院，免谢，令预晚宴，时以为荣。

　　唐韩史部序侯喜、刘师服与道士轩辕弥明《石鼎联句》，其事颇怪。弥明之词警绝远甚，世以谓非神则仙，殆非人思所能到。孙汉公以为皆退之语也，盖以其词多讥刺，虑为人所知，故假以神其事。

　　夏文庄公竦初侍其父监通州狼山盐场，《渡口》诗曰："渡口人稀黯翠烟，登临尤喜夕阳天。残云右倚维扬树，远水南回建业船。山引乱猿啼古寺，电驱甘雨过闲田。季鹰死后无归客，江上鲈鱼不直钱。"时年十七，后之题诗无出其右。识者以谓"甘雨过闲田"虽有为霖之志，而终无济物之泽。

　　陈文惠公尧佐端拱元年程宿下及第，同年二十八人。时公兄弟俱未仕，父省华尚为小官，家极贫。魏野以诗贺之曰："放人少处先登第，举族贫时已受官。"

　　王文正公曾、李文定公迪，咸平、景德间相继状元及第，其后更践政府，及罢相镇青，又为交承，故文正送文定移镇兖海诗有"锦标夺得曾相继，金鼎调时亦践更"之句，又云："并土儿童君再见，会稽章绂我偏荣。"盖文定再镇兖，而青社，文正乡里也。

　　庆历中，欧阳文忠公谪守滁州，有琅琊幽谷，山川奇丽，鸣泉飞瀑，声若环佩，公临听忘归。僧智仙作亭其上，公刻石为记，以遗州人。既去十年，太常博士沈遵，好奇之士，闻而往游，爱其山水秀绝，以琴写其声，为《醉翁吟》，盖宫声三叠。后会公河朔，遵援琴作之，公歌以遗遵，并为《醉翁引》以叙其事。然词不主声，为知琴者所惜。后三十余年，公薨，遵亦殁。其后，庐山道人崔闲，遵客也，妙于琴理，常恨此曲无词，乃谱其声，请于东坡居士子瞻，以补其阙。然后声词皆备，遂为琴中绝妙，好事者争传。其词曰："琅然，清圆，谁弹？响空山，无言，惟有醉翁知其天。月明风露娟娟，人未眠。荷蒉过山前，曰有心也哉此贤！第二叠泛声同此。　　　醉翁啸咏，声和流泉。醉翁去后，空有朝吟夜怨。山有时而童巅，水有时而回渊。思翁无岁年，翁今为飞仙。此意在人间，试听徽外两三弦。"方其补词，闲为弦其声，居士倚为词，顷刻而就，无所点窜。遵之子为比丘，号本觉法真禅师，居士书以与之，云："二水同器，有不相入；二琴同手，有不相应。沈君信手弹琴而与泉合，居士纵笔作词而与琴会，此必有真同者矣。"

海陵西溪盐场，初，文靖公尝官于此，手植牡丹一本，有诗刻石。后范文正公亦尝临莅，复题一绝："阳和不择地，海角亦逢春。忆得上林色，相看如故人。"后人以二公诗笔故，题咏极多，而花亦为人贵重，护以朱栏，不忍采折。岁久茂盛，枝覆数丈，每岁花开数百朵，为海滨之奇观。

范鲁公之孙令孙有学行，登甲科，人以公辅器之。王魏公旦妻以息女。令孙常为《登览》诗曰："孤云不为雨，尽日却归山。"识者以谓不及进用之兆。令孙官止右正言，年未五十卒，士大夫哀而惜之。

青州布衣张在少能文，尤精于诗。奇蹇不遇，老死场屋。尝题龙兴寺老柏院诗云："南邻北舍牡丹开，年少寻芳日几回？惟有君家老柏树，春风来似不曾来。"大为人传诵。文潞公皇祐中镇青，诣老柏院，访在所题，字已漫灭。公惜其不传，为大字书于西廊之壁。后三十余年，当元丰癸亥，东平毕仲甫将叔见公于洛下，公诵其诗，嘱毕往观。毕至青，访其故处，壁已圮毁，不可得，为刻于天宫石柱，又刊其故所题之处。

苏子美庆历末谪居姑苏，以诗自放。一日，观鱼沧浪亭，有诗云："我嗟不及游鱼乐，虚作人间半世人。"识者以为不祥。未几，果卒，年四十一，士大夫嗟惜之。

濮人杜默师雄少有逸才，尤长于歌篇。师事石守道，作《三豪》诗以遗之，称默为"歌豪"，石曼卿"诗豪"，永叔"文豪"。而永叔亦有诗曰："赠之《三豪》篇，而我滥一名。"默久不第，落魄不调，不护名节，屡以私干欧阳公。公稍异之，默怨愤，作《桃花》诗以讽，由是士大夫薄其为人。

郑毅夫诗格飘放，晚年为《雨》诗曰："老火烧空未肯休，忽惊快雨破新秋。晚云浓淡白日下，只在楚江南岸头。"未几，自杭移青，道病，泊舟高邮亭下，乃卒。是何自谶之明。

赵文度，青州人，名犯宣祖讳上字。清泰三年进士第六人及第。能诗，有《观光集》传于世，颇有佳句。尝为刘崇幕客，及崇僭位，拜伪相。后与崇不和，出守岚州。及太祖征河东，文度以城归国，拜华州节度使。后因郊礼移镇耀州，有诗寄其乡人云："圣主覃恩遍九垓，碧油红旆出关来。乡中父老如相问，十五年前赵秀才。"予姑之夫晋卿，文度孙也。其诗尚在。

石曼卿天圣、宝元间以歌诗豪于一时。尝于平阳作《代意寄师鲁》一篇，词意深美，曰："十年一梦花空委，依旧山河损桃李。雁声北去燕西飞，高楼日日春风里。眉黛石州山对起，娇波泪落妆如洗。汾河不断水南流，天色无情淡如水。"曼卿死后，故人关詠梦曼卿曰："延年平生作诗多矣，独常自以为《代平阳》一首最为得意，而世人罕称之。能令予此诗盛传于世，在永言尔。"詠觉，增广其词为曲，度以《迷仙引》，于是人争歌之。他日，复梦曼卿谢焉。詠字永言。

李淑守郑州，题周少主陵曰："弄耜牵车晚鼓催，不知门外倒戈回。荒坟断垅才三尺，刚道房陵半仗来。"时陈文惠薨，淑奉诏为墓志，淑言尧佐"好为小诗，间有奇句"。陈之诸子请易之，淑不从，乃言其诗谤太祖。落淑侍读学士。

祥符中，有刘偁者久困铨调，为陕州司法参军，廉慎至贫。及罢官，无以为归计，卖所乘马办装，跨驴以归。魏野以诗赠行云："谁似甘棠刘法掾，来时乘马去骑驴。"未几，真宗祀汾阴，过陕，诏征野赴行在。野避，不奉诏。上遣中使就野家索其所著，得赠偁诗，上叹赏久之，语宰臣曰："小官中有廉贫如此者。"使召之。偁方为江南幕吏，至，以为京官知青州博兴县。后有差除，上曰："得如刘偁者可矣。"未数年，亟迁主客郎中、三司户部判官。真宗之奖拔廉吏如此，然由野一诗发之也。

濮人李植成伯与张续禹功师徂徕石守道，为门人高弟。欧阳文忠《读徂徕集》诗云："常、续最高弟，骞、游各名科。"成伯少名常。嘉祐中，诏举天下行义之士，发遣诣阙，成伯首被此举，诏书方下而卒，士大夫惜之。时禹功居曹南，成伯前卒数日，以诗寄禹功，其末句云：

"野堂吹落读残书。"禹功怪其语不祥，亟往访之，未至濮，成伯已卒。野堂，成伯读书堂也。

王元之在翰林，太宗恩遇极厚，尝侍燕琼林，独召至御榻顾问。帝语宰相曰："王某文章独步当代，异日垂名不朽。"元之有诗云："琼林侍游宴，金口独褒扬。"

范文正公未免乳丧其父，随母嫁淄州长白山朱氏。既冠，文章过人，一试为南宫第一人，遂擢第。仕宦四十年，晚镇青，西望故居，才百余里，以诗寄其乡人曰："长白一寒儒，登荣三纪余。百花春满地，二麦雨随车。鼓吹前迎道，烟霞指旧庐。乡人莫相羡，教子苦诗书。"

张芸叟奉使大辽，宿幽州馆中，有题子瞻《老人行》于壁者。闻范阳书肆亦刻子瞻诗数十篇，谓《大苏小集》。子瞻才名重当代，外至夷虏亦爱服如此。芸叟题其后曰："谁题佳句到幽都，逢著胡儿问大苏。"

书　　画凡十一事

唐刘忠州晏《重修禹庙碑》，崔巨文，段季展书。刘，当世显人，所记撰及书碑者，宜皆知名士，刻巨之文、季展之书有过人者，而其名不著于世何也？景祐中，周膳部越为三门发运判官，始以墨本传京师。越书为当时所重，以是季展书亦为人所爱。其后屯田左员外瑾虑其刓阙，构宇以覆其碑，而模刻于他石，以广其传焉。季展书，刻石者少，有《洛祠记》《多心经》不著姓氏，验其笔画，亦季展书也。

太宗朝，有王著学右军书，深得其法，侍书翰林。帝听政之余，留心笔札，数遣内侍持书示著，著每以为未善。太宗益刻意临学，又以问著，对如初。或询其意，著曰："书固佳矣，若遽称善，恐帝不复用意。"其后帝笔法精绝，超越前古，世以为由著之规益也。

营丘李成字咸熙，磊落不羁，喜酒善琴，好为歌诗，尤妙画山水。周枢密使王朴与之友善，为召至京，将以处士荐之，会朴卒。乾德中，陈守大司农卫融以乡里之旧延之郡斋，日恣饮，竟死于酒。子觉，仕至国子博士、直史馆。赠成为光禄寺丞，葬于浚仪之魏陵，宋翰长白为之志。成画《平远寒林》，前人所未尝为，气韵萧洒，烟林清旷，笔势颖脱，墨法精绝，高妙入神，古今一人，真画家百世师也。虽昔王维、李思训之徒，亦不可同日而语。其后燕贵、翟院深、许道宁辈，或仅得一体，语全则远矣。考白所作成志，则成未尝仕，而欧阳文忠公以为成仕至尚书郎。按白与成同时人，又与成子觉并列史馆，其所纪宜不妄，不知文忠公何以据也，正当以志为定。

翟院深，营丘伶人，师李成山水，颇得其体。一日，府宴张乐，院深击鼓为节，忽停挝仰望，鼓声不续。左右惊愕，太守召问之，对曰："适乐作次，有孤云横飞，淡伫可爱。意欲图写，凝思久之，不知鼓声之失节也。"太守笑而释之。

北都临清县北王舍城僧寺东一古殿，皆吴生画佛像，旁有题记，类褚河南笔法。国朝已来奉使大辽者，道出寺下，例往观之，题名粉板，或剔取一二像，今且尽。

欧阳文忠公文章道义，天下宗师，凡世俗所嗜，一无留意，独好古石刻。自岐阳石鼓，岱山、邹峄之篆，下及汉、魏已来碑刻，山崖川谷，荒林破冢，莫不皆取，以为《集古录》。因其石本，轴而藏之。撮其大要，别为目录，并载可以正史学之阙谬者，以传后学。跋尾多公自题，复为之序，请蔡君谟书之，真一代绝笔也。公之守亳也，余主蒙城簿，尝得阅之。

玉堂北壁有毗陵董羽画水，波涛若动，见者骇目。岁久，其下稍坏。学士苏易简受命知举，将入南宫，语学士韩丕择名笔完补之。丕呼圬者墁其下，以朱栏护之。苏出院，以是怅惜不已。

陈文惠公善八分书，变古之法，自成一家。虽点画肥重而笔力劲健。能为方丈字，谓之堆墨，目为八分。凡天下名山胜处，碑刻题榜，多公亲迹。世或效之，皆莫能及。

祥符中，丁晋公出典金陵，真宗以《袁安卧雪图》赐之，真古妙手，或言周昉笔，亦莫可辨。至金陵，择城之西南隅旷绝之地，建赏心亭，中设巨屏，置图其上，遂为金陵奇观。岁久颇失覆护，缣素败裂，稍为好事者窃去。嘉祐中，王君玉出守郡，首诣观之，惜其剔取已尽，嗟之尤久，作诗题其旁云："昔人已化辽天鹤，往事难寻《卧雪图》。"

皇祐中，仁宗命待诏高克明辈画三朝圣迹一百事，人物才寸余，宫殿、山川、车驾、仪卫咸具。诏学士李淑等撰次序赞，为十卷，曰《三朝训鉴图》，镂板印赐大臣宗室。

保塞军东北数里曰路疃，一小寺殿后照壁旧有画水，世传张僧繇笔，势若摇动，真名手也。熙宁中，地震壁坏，好事者或取二三段藏去，今无复可见矣。

卷第八

事　　志凡三十六事

开宝中，平岭表，择广州内臣聪慧者数十人于教坊习乐，名箫韶部，改曰云韶部，内宴则用之。太平兴国中，择军中善乐者，名曰引龙直，游幸，骑而导驾。后曰钩容直，取钧天之义也。

太宗朝，府州折御卿贡马特异，格不甚高而日行千里，口旁有碧纹如云霞，因目曰碧云霞。上征太原，往来乘之，上下山岭如履平地。上则屈前足，下则屈后足，上下如坐安舆，不知登降高下之劳。圉人供刍粟或少倨，则嘶鸣奋跃，蹋啮不已，此尤异他马也。上崩，悲鸣不食，骨立，人不忍视。真宗遣从灵驾，至永熙陵，乃毙。诏与桃花犬同坎瘗。

洛阳至京六驿，旧未尝进花，李文定公留守，始以花进。岁差府校一人，乘驿马，昼夜驰至京师。所进止姚黄、魏紫三四朵，用菜叶实笼中，藉覆上下，使马不动摇，亦所以御日气；又以蜡封花蒂，可数日不落。至今岁贡不绝。

朐山有花，类海棠而枝长，花尤密，惜其不香无子。既开，繁丽袅袅，如曳锦带，故淮南人以"锦带"目之。王元之以其名俚，命之曰海仙。有诗曰："春憎窈窕教无子，天为妖娆不与香。"又曰："锦带为名卑且俗，为君呼作海仙花。"

莱公贬死雷州，丧还，过荆南公安县，民怀公德，以竹插地，挂物为祭，焚之。后生笋成林，以为神，因为公立祠，目其竹为"相公竹。"王乐道为记刊石。李承之有诗曰："已枯断竹钧私被，既没贤公帝念深。仆木偃禾如不起，至今谁识大忠心。"

莱公初及第，知归州巴东县，手植双柏于庭，至今民爱之，以比甘棠，谓之莱公柏焉。

南唐后主留心笔札,所用澄心堂纸、李廷珪墨、龙尾石砚三物为天下之冠。自李氏之亡,龙尾石不复出。嘉祐中,校理钱仙芝知歙州,访得其所,乃大溪也。李氏常患溪深不可入,断其流,使由他道。李氏亡,居民苦其溪之回远,导之如昔,石乃绝。仙芝移溪还故道,石乃复出,遂与端溪并行。

莆阳蔡君谟尝评李廷珪墨能削木,坠沟中经月不坏。李超,易水人,唐末与其子廷珪亡至歙州,以其地多美松,因留居,以墨名家。本姓奚,江南赐姓李氏。珪或为邦。珪弟廷宽,男承宴,承宴男义用,皆有闻易水。江南又有朱君德、柴询、柴成务、李文远、张遇、陈赟,著名当时。其制有剑脊圆饼、拙墨、进贡墨、供堂墨,其面多作龙纹,其幕有"宣府"字,或止云"宣",或著姓氏,或别州府,今人间已少传者。仁宗嘉祐中,宴近臣于群玉殿,尝以墨赐之,其文曰"新安香墨"。其后翰林诸君承赐者,皆廷珪双脊龙样,尤为佳品。

咸平中,陈文惠谪官潮州,时州人张氏濯于江边,为鳄鱼所食。公曰:"昔韩吏部以文投恶溪,鳄鱼为吏部远徙,今鳄鱼既食人,则不可赦矣。"乃命吏督渔者网而得之,鸣鼓告其罪,戮之于市,图其形为之赞,至今多传之。鳄大者数丈,或玄黄,或苍白色,似龙而无角,类蛇而有足,睅目利齿,见者骇之。卵化山谷间,大率为鳄者十二三,其余或为鼋为龟也。喜食人畜。其食,必以尾卷去,如象之任鼻也。

河中府舜泉坊,二井相通,所谓匦空旁出者也。祥符中,真宗祀汾阴,驻跸蒲中,车驾临观,赐名广孝泉,并以名其坊,御制赞纪之。蒲滨河,地卤泉咸,独此井甘美,世以为异。

亳州法相禅院矮桧,高才数尺,偃亚蟠屈,枝叶繁茂,不可图状。唐大中年,李待价石记云:"圆荫三丈余。"距今又百余年,广袤五六丈,为一郡之珍玩,土人目其寺曰矮栝。真宗祀老子,尝驻其下,今御榻尚在,故陆子履诗云:"先皇玉座亲临地,故老于今涕泫然。"

建茶盛于江南,近岁制作尤精,龙凤团茶最为上品,一斤八饼。庆历中,蔡君谟为福建运使,始造小团以充岁贡,一斤二十饼,所谓上品龙茶者也。仁宗尤所珍惜,虽宰臣未尝辄赐,惟郊礼致斋之夕,两府各四人,共赐一饼。宫人翦金为龙凤花贴其上,八人分蓄之,以为奇玩，不敢自试。有嘉客，出而传玩。欧阳文忠公云："茶为物之至精，而小团又其精者也。"嘉祐中，小团初出时也，今小团易得，何至如此多贵耶。

通州狼山广教寺，在唐为慈航院，在江中山上。昔人有诗云："飞来灵鹫岭，化作宝陀山。"前后乃江海相接处，舟出二山间，水湍碛石，率多覆溺。昔有僧率其徒操楫以护之，舟无触石之患，故有慈航之名。近年江水南徙，山之前后皆陆田，后人又有诗云："昔年船底浪，今日马蹄痕。"皆纪实也。

庆历七年，贝州卒王则据城叛，诏明镐加讨，久无功。参知政事文彦博请行，仁宗欣然遣之，且曰："'贝'字加'文'为'败'，卿必擒则矣。"未逾月而捷报闻，诏拜平章事，曲赦河北，改贝州为恩州。

扬州后土庙有花一株，洁白可爱，岁久木大而花繁，世俗目为琼花，不知实何木也。世以为天下无之，惟此一株。孙冕镇维扬，使访之山中，甚多，但岁苦樵斧野烧，故木不得大，而花不能盛，不为人贵。孙伤之，作诗曰："可怜遐地产，常化燎原灰。"近年京师亦有之，或云乃李文饶所赋"玉蕊花"也。

长安故都，多古碑石。景祐初，庄献太后遣中使建塔城中，时姜遵知永兴，尽力于塔，悉取碑碣以为塔材，汉、唐公卿墓石，十亡八九。杨大年《谈苑》叙五行德、金石厄事。宋有国百余年，长安碑刻再厄矣，惜哉！惜哉！

契丹国产毗狸，形类大鼠而足短，极肥，其国以为殊味，穴地取之，以供国主之膳。自公相下，不可得而尝。常以羊乳饲之。顷年虏使尝携至京，烹以进御。今朝臣奉使其国者皆得食之，然中国人亦不嗜其味也。

唐李卫公云："维州，土蕃得之，号曰无忧城。"景祐中，或以其与潍州名相乱，邮置文字，率多往来住滞，乞改其名。仁宗曰："此足以威西戎。"乃改曰威州也。

淄州淄川县梓桐山石门涧有石曰青金，色青黑相杂，其文如铜屑，或云即自然铜也，理细密。范文正公早居长白山，往来于此，尝见其石。皇祐末，公知青，遣石工取以为砚，极发墨，颇类歙石。今东方人多用之，或曰"范公石"，然不耐久，久则不免断裂。

青州城西南皆山，中贯洋水，限为二城。先时跨水植柱为桥，每至六七月间，山水暴涨，水与柱斗，率常坏桥，州以为患。明道中，夏英公守青，思有以捍之。会得牢城废卒，有智思，叠巨石固其岸，取大木数十相贯，架为飞桥，无柱。至今五十余年，桥不坏。庆历中，陈希亮守宿，以汴桥屡坏，率尝损官舟害人，乃命法青州所作飞桥。至今沿汴皆飞桥，为往来之利，俗曰虹桥。

庆历中，洪州江岸崩，得谢朓撰并书《齐海陵王墓铭》石。朓文固奇，而书亦有法，类钟繇书。石入沈括家十余年，后为夏元昭匿之，今不知所在。

皇祐中，范文正公镇青，龙兴僧舍西南洋溪中有醴泉涌出，公构一亭泉上，刻石记之。其后青人思公之德，目之曰范公泉。环泉古木蒙密，尘迹不到，去市廛才数百步而如在深山中。自是幽人逋客往往赋诗鸣琴，烹茶其上。日光玲珑，珍禽上下，真物外之游，似非人间世也。欧阳文忠公、刘翰林贡父及诸名公多赋诗刻石，而文忠公及张禹功、苏唐卿篆石榜之亭中，最为营丘佳处。元祐中，青守以其地与王氏为水硙，稍复完葺。

华阳杨褒好古博物，家虽贫，尤好书画奇玩，充实中囊。家姬数人，布裙粝食而歌舞绝妙，故欧阳公赠之诗云："三脚木床坐调曲。"盖言褒之贫也。褒，皇祐中宿华州西溪寺，夜阑灯灭，于暗中见光煜然，旦起视之，石也。询寺僧，云："西溪，华下最胜处，郡僚宴集之地，故以此石镇内耳。"至夜，褒移至别地，光复在焉。意其蕴玉，因求得之。辇至都下，使玉工视之，以为然。剖之，得玉，径数寸，温润纯美，光采粲然。玉人惊之曰："至宝也，今王府中未有其比。"会朝廷求良玉琢镇国宝，褒因献之，遂为玺。镇国，华州军额，朝廷以名与玺同，乃改曰镇潼军，此亦异也。余叔父博士为华州幕官，故知其详。或以为褒所献琢为苍璧，未知孰是。

洛阳牡丹，岁久虫蠹，则花开稍小，园户以硫黄簪其穴，虫死，复盛大。其园户相妒，则以乌贼鱼骨刺花树枝皮中，花必死，盖牡丹忌此鱼耳。

司马温公既居洛，每对客赋诗谈文，或投壶以娱宾。公以旧格不合礼意,更定新格。以为倾邪险诐,不足为善,而旧图反为奇箭,多与之算,如倚竿带剑之类,今皆废其算以罚之。颠倒反覆,恶之大者,奈何以为上,如倒中之类,今当尽废壶中算,以明逆顺。大底以精审者为上,偶中者为下,使夫用机徼幸者无所措手。此足以见公之志,虽嬉戏之间,亦不忘于正也。

唐彦猷清简寡欲,不以世务为意。公退居,一室萧然,终日默坐,惟吟诗临书、烹茶试墨,以此度日。嘉祐中守青社,得红丝石于黑山,琢以为砚。其理红黄相参,文如林木,或如月晕,或如山峰,或如云雾花卉。石自有膏润,浮泛墨色,覆之以匣,数日不干。彦猷作《砚录》,品为第一,以为自得此石,端溪、龙尾,皆置不复视矣。

秦武公作羽阳宫,在凤翔宝鸡县界,岁久不可究知其处。元祐六年正月,直县门之东百步,居民权氏浚池,得古铜瓦五,皆破,独一瓦完。面径四寸四分,瓦面隐起四字,曰"羽阳千岁",篆字随势为之,不取方正,始知即羽阳旧址也。其地北负高原,南临渭水,前对群峰,形势雄壮,真胜地也。武公之初年,距今千有七百八十八年矣。武功游景叔方总秦凤刑狱,摹刊于石,置之岐阳宪台之瑞丰亭,以贻好事者。

李谦溥,太祖朝名将也。在汾、晋二十余年,大小百余战,未尝少衄。每巡边,老幼望拜,呼以为父。晚治第于道德坊,中为小圃,购花木竹石植之,颇与朝士大夫游。久之,以从弟谦昇女适皇子陈王,贫无以资用,遂以所居之第质于宋延偓。后其子允正为通事舍人,侍太宗。问曰:"尔父力边三十年,止余一第,忍属他姓?"允正具所以对,太宗即遣中使出内府钱付延偓赎还。王禹偁作记美其事,名二亭曰克家、肯构。宰相毕士安而下及诸名公赋诗纪述,自成一编。

秀州祥符院僧智和蓄一古琴,瑟瑟微碧,文细,石为轸,制作精巧,音韵清越。中刊李阳冰篆三十九字,其略云:"南溟夷岛产木名伽陀罗,文横如银屑,其坚如石,遂用作此临岳。"沈括《笔谈》、朱长文《琴史》著此琴,即唐相汧公李勉所制响泉也。响泉之名,见《李勉传》。元祐末,和死,州状其事,以其琴匣送尚书礼部,符太常帐管,好事者时时鼓之。

钱塘沈振蓄一琴,名冰清,腹有晋陵子铭云:"卓哉斯器,乐惟至正。音清韵古，月澄风劲。三余神爽，泛绝机静。雪夜敲冰，霜天击磬。阴阳潜感，否臧前镜。人其审之，岂独知政。"书"大历三年三月三日上底，蜀郡雷氏斫"。凤沼内书"贞元十一年七月八日再修。士雄记"。声极清实。山荏陈圣与名知琴，少在钱塘，从振借琴弹，酷爱之。后三十年，圣与官太常，会振侄述鬻冰清，索百千不售。未几，述卒。其妻得二十千，鬻于僧清道，转落于太一道士杨英。久之，圣与以五十千购得，极珍秘之。或以晋陵子，杜牧之道号。篆法类李义山笔，亦莫可辨。又不知士雄何人也。

释普明，齐州人，久止灵岩。晚游五台，得风疾，眉发俱堕，百骸腐溃，哀号苦楚，人不忍闻。忽有异人教服长松，明不识之，复告云："长松，长古松下，取根饵之。皮色如茾苊，长三五寸，味微苦，类人参。清香可爱，无毒，服之益人，兼解诸虫毒。"明采服，不旬日，发复生，颜貌如故。今并、代间士人多以长松参甘草、山药为汤，殊佳，然《本草》及诸方书并不著，独释惠祥作《清凉传》始叙之，然失于怪诞。

元祐中上元，驾幸迎祥池宴从臣，教坊伶人以先圣为戏。刑部侍郎孔宗翰奏："唐文宗时尝有为此戏者，诏斥去之。今圣君宴犒群臣，岂宜尚容有此？"诏付伶官置于理。或曰："此细事，何足言？"孔曰："非尔所知。天子春秋鼎盛，方且尊德乐道，而贱伎乃尔亵慢，纵而不治，岂不累圣德乎！"闻者惭羞叹服。

椰子生安南及海外诸国，木如棕榈，大者高百余尺，花白，如千叶芙蓉。一本，花不过数十朵，实不过三五颗，其大如斗，至老差小。外有黄毛软皮，中有壳，正类槟榔，故有人为诗云："百果之中尔最珍，槟榔应是汝玄孙。"沈佺期亦有《题椰子》诗云："丛生雕胡首，圆实槟榔身。"壳止有二穴，芽出穴中。壳肉类罗菔，皮味苦，肉极甘脆，蛮人甚珍之。中有浆，大者一二升，蛮人谓之椰子酒，饮之得醉，《交州记》以为浆者是也。治消渴，涂髭发立黑。皮煮汁止血，疗吐逆。肉益气去风。

蜀虽阻剑州之险，而郡县无城池之固，民性懦弱，俗尚文学。而世以为蜀人好乱，殊不知公孙述及刘辟、王建、孟知祥辈，率非土人，皆以奸雄乘中国多事盗据一方耳。本朝王小波、李顺、王均辈啸聚西蜀,盖朝廷初平孟氏,蜀之帑藏尽归京师,其后言利者争述功利,置博易务,禁私市,商贾不行,蜀民不足,故小波得以激怒其人曰:"吾疾贫富不均,今为汝均之。"贫者附之益众。向使无加赋之苦,得循良抚绥之,安有此乱。古人云:"与其蓄聚敛之臣,宁蓄盗臣。"聚敛之为害如此,可不戒哉! 均则本神卫卒校,盖赵延顺怨钤辖符昭寿,推均为帅尔。

犀之类不一,生邕管之内及交趾者,角纹如麻实,理燥,少温润。来自舶上,生大食者,文如栞荑,理润而缀,光采彻莹,甚类犬鼻。若傅以膏,甚有花纹。而尤异者曰通天犀,或如日星,或如云月,或如葩花,或如山水,或成飞走,或成龙鱼,或成神仙,或成宫殿,至有衣冠眉目杖履、毛羽鳞角完具,若绘画然,为世所贵,其价不赀。莫知其所以然也。或以为犀爱一物,玩之久,则物形潜入角中,是又不可以理推者。其纹有正插者,有倒插者,有腰鼓插者,其类不一。方其角未解也,虽海人亦未知其为异也,故波斯以象牙为白暗,犀角为黑暗,以其难别识也。犀之有通天花纹者,自顾其影则怖,尝饮浊水,不欲照见其角也。海人之取犀也,多于山麓植木,如列羊栈,久则木朽。犀前足短,止则依木而立,朽折犀倒,不能自立,因格杀之。犀岁久亦退角,掊土埋僻处,海人侦知,以木角易取之。西域谓犀为竭伽,角为毗沙拏,言一角也。

柳三变景祐末登进士第。少有俊才,尤精乐章。后以疾更名永,字耆卿。皇祐中,久困选调,入内都知史某爱其才而怜其潦倒,会教坊进新曲《醉蓬莱》,时司天台奏老人星见,史乘仁宗之悦,以耆卿应制。耆卿方冀进用,欣然走笔,甚自得意,词名《醉蓬莱慢》。比进呈,上见首有"渐"字,色若不悦。读至"宸游凤辇何处",乃与御制《真宗挽词》暗合,上惨然。又读至"太液波翻",曰:"何不言波澄!"乃掷之于地。永自此不复进用。

卷第九

唐太宗问一行世数，禅师制叶子格进之。叶子，言"二十世李"也，当时士大夫宴集皆为之。其后有柴氏、赵氏，其格不一。蜀人以红鹤格为贵，禁中则以花虫为宗。近世职方员外郎曹谷损益旧本，撰《旧欢新格》，尤为详密。其法，用匾骰子六只，犀牙师子十事，自盆帖而下，分十五门。门各有说，凡名彩二百二十七，逸彩二百四十七，总四百七十四彩。余家有其格，而世无能为者。

周显德中，许京城民居起楼阁，大将军周景威先于宋门内临汴水建楼十三间，世宗嘉之，以手诏奖谕。景威虽奉诏，实所以规利也，今所谓十三间楼子者是也。景威子莹，国初为枢密使。

陶穀姓唐，唐宰相莒公俭之后。祖彦谦，有诗名，号鹿门先生。穀避晋祖名改姓陶，后历事累朝，不复还本姓，士大夫讥之。

刘铱据岭南，置兵八千人，专以采珠为事，目曰媚川都。每以石硾其足，入海至五七百尺，溺而死者相属也。久之，珠玑充积内库，所居殿宇梁栋帘箔率以珠为饰，穷极华丽。及王师入城，一火而尽。艺祖废媚川都，黥其壮者为军，老者放归田里，仍诏百姓不得以采珠为业，于是俗知务农矣。

建隆中，南都一夕星殒如雨，点或大或小，光彩煜然，未至地而灭。景祐初，忻州夜中星殒极多，明日视之，皆石。闻今忻民犹有蓄之。乃知《公羊传》以雨星不及地而复，其说得之。左氏以如雨而言与雨偕，非也。

幽蓟八州陷北虏几二百年，其间英主贤臣欲图收复，功垂成而辄废者三矣，此豪杰之士每每深嗟而痛惜。初，周世宗既下关南，欲乘胜进攻幽州，将行，夜中疾作，乃止。艺祖贮财别库，欲事攻取，会上仙,乃寝。柳仲塗守宁边,今博野也。结客白万德,使说其酋豪,将纳质定誓,以为内应,掩其不备,疾趋直取幽州,会仲塗易地而罢。河朔之人,逮今为憾。

国初有王彦升者,本市井贩缯人。及壮从军,累立战功,至防御使。性极残忍,俘获戎人,则置酒宴饮,引戎人以手捉其耳,对客咀嚼,徐引卮酒。戎人血流被面,彦升笑语自若。前后啖数十百人。亦可怪也。

开宝中,鄢陵许永为郓州卢县尉,自言七十五岁,其父琼年九十九,长兄八十一,次兄七十七。艺祖召琼问唐季事,对尤详,赐以衣币鞍马。父子俱享福寿,世罕有也。

卢丞相多逊谪死朱崖,旅殡海上。天庆观道士练惟,一夜闻窗外有人读书,审其声韵,有类多逊。明日,有诗题窗外曰:"南斗微茫北斗明,喜闻窗下读书声。孤魂千里不归去,辜负洛阳花满城。"笔迹亦类之。明年,归葬洛。此说得之孙巨源。而杨文公云,其子全扶枢归葬江陵佛舍,与此不同。未知孰是,姑两录之。

高丽,海外诸夷中最好儒学,祖宗以来,数有宾客贡士登第者。自天圣后,数十年不通中国。熙宁四年,始复遣使修贡,因泉州黄慎者为向道,将由四明登岸。比至,为海风飘至通州海门县新港。先以状致通州谢太守云:"望斗极以乘槎,初离下国;指桃源而迷路,误到仙乡。"词甚切当。使臣御事民官侍郎金第与同行朴寅亮诗尤精,如《泗州龟山寺》诗云"门前客棹洪涛急,竹下僧棋白日闲"等句,中土士人亦称之。寅亮尝为其国词臣,以罪废,久之,从金第使中国。

卢多逊南迁朱崖,逾岭,憩一山店。店妪举止和淑,颇能谈京华事。卢访之,妪不知为卢也,曰:"家故汴都,累代仕族。一子事州县,卢相公违法治一事,子不能奉,诬窜南方。到方周岁,尽室沦丧,独残老躯,流落居此,意有所待。卢相欺上罔下,倚势害物,天道昭昭,行当南窜,未亡间庶见于此,以快宿憾尔。"因号呼泣下。卢不待食,促驾而去。

陈尧咨善射,百发百中,世以为神,常自号曰小由基。及守荆南回,其母冯夫人问:"汝典郡有何异政?"尧咨云:"荆南当要冲,日有宴集,尧咨每以弓矢为乐,坐客罔不叹服。"母曰:"汝父教汝以忠孝辅国家,今汝不务行仁化而专一夫之伎,岂汝先人志邪!"杖之,碎其金鱼。

景德中,邠州有神祠,凡民祈祷者,神必亲享,杯盘悉空。远近奔赴。盖狐穴神座下,通寝殿下,复门绣箔,人莫得窥。群狐自穴出,分享肴醴。王公嗣宗雅负刚正,及镇邠土,乃骑兵挟矢,驱鹰犬,投薪穴中,纵火焚之。群狐奔逸,擒杀悉尽。鞭庙祝背,徙其家,毁其祠,妖狐遂绝。初,公在长安也,极疏种山人放之短。好事者有诗云:"终南隐士声名歇,邠土妖狐巢穴空。二事俱输王太守,圣朝方信有英雄。"

杨光远之叛青州也,有孙中舍忘其名。居围城中,族人在州西别墅。城闭既久,内外隔绝,食且尽,举族愁叹。有畜犬徬徨其侧,若有忧思,中舍因嘱曰:"尔能为我至庄取米邪?"犬摇尾应之。至夜,为置一布囊,并简系犬背上。犬即由水窦出,至庄,鸣吠。居者开门,识其犬,取简视之,令负米还,未晓入城。如此数月,比至城开,孙氏阖门数十口独得不馁。孙氏愈爱畜之。后数年毙,葬于别墅之南。至其孙彭年语龙图赵公师民,刻石表其墓,曰《灵犬志》。

仁宗天纵多能,尤精书学,凡宫殿门观,多帝飞白题榜,勋贤神道,率赐篆螭首。王曾之碑曰"旌贤",寇准曰"旌忠",李迪曰"遗直",晏殊曰"旧学",丁度曰"崇儒",王旦曰"全德元老",文彦博父均曰"教忠积庆",李用和曰"亲贤",范仲淹曰"褒贤",曹利用曰"旌功",吕夷简曰"怀忠",张士逊曰"旧德",狄青曰"旌忠元勋",其余不可悉记。或云初王子融守河中,模唐明皇题裴耀卿碑额献之,仁宗乃赐文正碑曰"旌贤",大臣碑额赐篆,盖始于此。其后英庙、神考,亦屡有赐者。

祥符初,王旭知颍州,因岁饥,出库钱贷民,约蚕熟一千输一缣。其后李士衡行之陕西,民以为便。今行于天下,于岁首给之,谓之和买绢,或曰预买,始于旭也。

汀州王捷少商江、淮间,咸平初,遇一人于南康逆旅,衣道士服,仪状奇俊。后屡见之,授以黄金术,仍付以神剑,且戒之曰:"非遇人君,不可妄泄。"后佯狂,叫呼上饶市中,配流岭南。逃归京,挝登闻鼓自陈。上召与语,悦之,命之官,更名中正。寓居中官刘承珪家,珪上言:"数闻中正与人语,声如童子,云:'我,司命真君也。'"中正亟迁神武大将军、康州团练使。常以药、金银献上，以助国费。卒，赠岭南节度使，世谓之烧金王先生，建祠永宁院西。至今御府犹有中正所献金及炉钳残药。

直史馆孙公冕，文学政事有闻于时，而赋性刚明，以别白贤不肖为事。天禧中，连守数郡，暇日接僚吏，殊不喜谈朝廷除授，亦未尝览除目。每得邸吏报状，则纳怀中，不复省视。或诘其意，曰："某人贤而反沉下位，某人不才而骤居显官，见之令人不快尔。"或讥其不广，然其好贤嫉恶之心亦可尚也。

曹襄悼公利用，天圣中退朝归私第，中衢逢狂人夺其枢密使印，心独恶之。未几，侄芮为不法事败，治狱者锻成其事，芮死，公贬随州，再贬房陵。行至襄阳，监者迫自尽，天下冤之。

平原刘永锡，天圣末以虞曹员外郎知千乘县。一日，与门生对食，永锡以馒头食畜犬，生曰："犬兔食人食，古人所讥，况珍味耶？"犬不食，瞋视之以去，数日不知所在。一夕，犬至，跪门阈下，将入。生起视之，知其将害己，卷衾，诈作人卧床上，升栋以避之。犬入，登床噬之，觉非人，吼怒出户，掷尾作声，移刻而死。今夫衣士人衣冠，首鼠贵游门下，以猎哺啜，嗟来不愧，曾斯犬之不若也。

庆历中，皇叔燕王元俨薨，仁宗追悼尤深，诏有司择位号之尤尊美者以追荣之，乃特赠天策上将军，非常典也。王性严毅，威望著于天下，士民识与不识，呼之曰八大王，犬戎尤惮之。

李尚书公择少读书于庐山五老峰白石庵之僧舍，书几万卷。公择既去，思以遗后之学者，不欲独有其书，乃藏于僧舍。其后山中之人思之，目其居云李氏藏书山房，而子瞻为之记。

江阴军北距大江，地僻，鲜过客，无将迎之烦，所隶一县，公事绝少。通州南阻江，东北滨海，士大夫罕至，居民以鱼盐自给，不为盗，讼稀事简。仕宦二州者最为优逸，故士大夫谓江阴为两浙道院，通州为淮南道院。

旧说虎有威，遇人百步之外，咆哮作声，以威慑人。人或不惧，虎反畏而去，故虎不食醉人。小儿不知惧，则虎畏而不食。苏子由作《孟德传》，以为德禁卒，既逃，不顾死，见虎不为动，虎耳而去。

萧椰字大珍,后梁宗室,为青州刺史,有惠爱,笃信于民。及死,民为立祠千乘县西,相与谥曰信公。嘉祐中,祠宇颓敝,主庙者贾天恩,老伶也。有王义者,金家苍头也,幼苦伤寒,汗不洽,病腰不能行,偻而丐且十年,一旦人为灸之,遂愈。天恩教之曰:"第云信公召语:'能为吾修庙,则使尔腰伸。'诺之,腰即伸。"于是远近闻之凑奔,争施钱帛,以新庙貌,逾年得钱数千缗。功未卒而二人争钱相殴,事稍喧,施者因不复来。

熙宁八年,淮浙大饥,人相食。朝廷遣近臣安抚,同监司赈济,而措置乖戾,不能副朝廷爱养元元之意。安抚先檄郡县,以厚朴炒豆为屑,开饥民胃口,提刑司督诸郡多造纸袄,以衣贫民,提举司印榜招谕富民布施钱以种福田,大取识者嗤笑。安抚至通州,劝富民出米麦以食饥者。或对曰:"安抚勿恤,东南饥民胃口以开,有纸袄为衣,而又得福田居之,安抚可无虑矣。"闻者大惭。朝廷知之,重行降黜。

谏议大夫崔颂,博学君子人也,性有疑疾,防闲闺门过于严密。圬者涂室,以帛幕其目,恐窃视其私也,与夫罗灰、扃户殆不远。

陈亚少卿蓄书数千卷,名画数十轴,平生之所宝者。晚年退居,有华亭双鹤怪石一株尤奇峭,与异花数十本,列植于所居。为诗以戒子孙:"满室图书杂典坟,华亭仙客岱云根。他年若不和花卖,便是吾家好子孙。"亚死未几,皆散落民间矣。

小词有"烧残绛蜡泪成痕,街鼓破黄昏"之语,或以为黄昏不当烛。已见跋解者曰:"此草庐窭陋者之论,殊不知贵侯戚里,洞房密室,深邃窈窕,有不待夜而张烛者矣。"

士大夫筵馔,率以馎饦,或在水饭之前。予近预河中府蒲左丞会,初坐,即食罨生馎饦。予惊问之,蒲笑曰:"世谓馎饦为头食,宜为群品之先可知矣。意其唐末五代乱离之际,失其次第,久抑下列,颇郁,舆论牵复。"坐客皆大笑。

王承衍尚秦国贤肃大长公主,至曾孙师约,又尚惠和公主,子植又选尚惠国公主。昔汉窦氏一门三公主,于时亲戚功臣莫与比。唐薛徽与其子鏽相继尚睿宗、明皇女,独称唐薛氏。而尚三公主又父子相继,惟王氏一门。

　　江南一县，郊外古寺，地僻山险，邑人罕至，僧徒久苦不足。一日，有僧游方至其寺，告于主僧，且将与之谋所以惊人耳目者。寺有五百罗汉，择一貌类己，衣其衣，顶其笠。策其杖，入县削发，误为刀伤其顶，解衣带白药傅之，留杖为质，约至寺，将遗千钱。削者如期而往，方入寺，阍者殴之曰："罗汉亡杖已半年，乃尔盗耶！"削者述所以得杖貌，相与见主僧，更异之。共开罗汉堂，门锁生涩，尘凝坐榻，如久不开者。视亡杖罗汉，衣笠皆所见者，顶有伤处，血渍药傅如昔。前有一千皆古钱，贯且朽。因共叹异之。传闻远近，施者日至，寺因大盛。数年，其徒有争财者，其谋稍泄。得之外氏。

　　元丰中，高丽使朴寅亮至明州，象山尉张中以诗送之，寅亮答诗序有"花面艳吹，愧邻妇青唇之敛；桑间陌曲，续郢人白雪之音"之语。有司劾："中，小官，不当外交夷使。"奏上，神宗顾左右"青唇"何事，皆不能对。乃以问赵元老，元老奏："不经之语，不敢以闻。"神宗再谕之，元老诵《太平广记》云："有睹邻夫见其妇吹火，赠诗云：'吹火朱唇敛，添薪玉腕斜。遥看烟里面，恰似雾中花。'其妇告其夫曰：'君岂不能学也！'夫曰：'汝当吹火，吾亦效之。'夫乃为诗云：'吹火青唇敛，添薪墨腕斜。遥看烟里面，恰似鸠槃茶。'"元老之强记如此，虽怪僻小说，无不该览。

　　国初袭唐末士风，举子见先达，先通笺刺，谓之请见。既与之见，他日再投启事，谓之谢见。又数日，再投启事，谓之温卷。或先达以书谢，或有称誉，即别裁启事，委曲叙谢，更求一见。当时举子之于先达者，其礼如此之恭。近岁举子不复行此礼，而亦鲜有上官延誉后进者。

　　钱镠之据钱塘也，子跛，镠钟爱之。谚谓"跛"为"瘸"，杭人为讳之，乃称"茄"为"落苏"。杨行密之据淮阳，淮人避其名，以"密"为"蜂糖"，尤见淮、浙之音误也。以"瘸"为"茄"，以"蜜"为"密"，良可哂也。

　　熙宁中，淮西连岁蝗旱，居民艰食，通、泰农田中生菌被野，饥民得以采食。元丰中，青、淄荐饥，山中及平地皆生石面，白石如灰而腻，民有得数十斛，以少面同和为汤饼，可食，大济乏绝。二事颇异，皆所目见。

卷第十

谈　　谑凡二十三事

国初，将军王景咸尝守邢州，使臣王班衔命至郡，景咸宴之，坐中厉声曰："请王班满饮。"景咸以为官也。左右曰："王班，姓名也。"景咸大惭，责左右："尔辈何不先教我！"坐中大噱。

国初，聂崇义精《礼》学，著《三礼图》上之，盛行于世，诏给于国子监讲堂。郭忠恕尝诮其姓曰："近贵全为聩，攀龙即作聋，虽然三个耳，终是未为聪。"崇义曰："仆不能诗，聊以一联奉酬，勿笑：有三耳犹胜畜二心。"其敏而善谑，亦可嘉也。

寇莱公与张洎同为给事中，公年少气锐，尝为《庭雀》诗玩张洎曰："少年挟弹何狂逸，不用金丸用蜡丸。"讥洎在金陵围城中，尝为其主作诏纳蜡丸中追上江救兵也。

陈文惠善八分书，点画肥重，自是一体，世谓之堆墨书，尤宜施之题榜。镇郑州日，府宴，伶人戏以一幅大纸浓墨涂之，当中以粉笔点四点。问之："何字也？"曰："堆墨书田字。"文惠大哂。

丞相王公之夫人郑氏奉佛至谨，临终嘱其夫曰："即死，愿得落发为尼。"及死，公奏乞赐法名师号，敛以紫方袍。王荆公之子雱，少得心疾，逐其妻，荆公为备礼嫁之。好事者戏之曰："王太祝生前嫁妇，郑夫人死后出家。"人以为异。又工部郎中侯叔献妻悍戾，叔献既殂，儿女不胜其酷，诏离之，故好事者又曰："侯工部死后休妻。"

王琪、张亢同在南京晏元献公幕下。张肥大，王以大牢目之；王瘦小，张以弥猴目之。一日，有米纲至八百里村，水浅当剥载，府檄张往督之，王曰："所谓八百里駮也。"张曰："未若三千年精矣。"元献为之启齿。

刘贡父文学过人，而又滑稽善谑。知曹州日，于伋书记自京还，贡父问："尝见王学士,渠有老态否?"于曰:"颜犹未老,而鬓已斑。"贡父曰:"岂非急进至然也。"贡父之警辨多类此。

往年士大夫好讲水利,有言欲涸梁山泊以为农田者。或诘之曰:"梁山泊,古钜野泽,广袤数百里,今若涸之,不幸秋夏之交行潦四集,诸水并入,何以受之?"贡父适在坐,徐曰:"却于泊之傍凿一池,大小正同,则可受其水矣。"坐中皆绝倒,言者大惭沮。

颍上常夷甫处士,以行义为士大夫所推,近臣屡荐之,朝廷命之官,不起。欧阳公晚治第于颍,久参政柄,将乞身以去,顾未得谢,而思颍之心日切,尝有诗曰:"笑杀汝阴常处士,十年骑马听朝鸡。"后公既还政,而处士被召赴阙,为天章阁待制,日奉朝请。有轻薄子改公诗以戏之曰:"却笑汝阴欧少保,新来处士听朝鸡。"

欧阳文忠公不喜释氏,士有谈佛书者,必正色视之。而公之幼子小字和尚,或问:"公既不喜佛,排浮屠,而以和尚名子,何也?"公曰:"所以贱之也,如今人家以牛驴名小儿耳。"问者大笑,且伏公之辨也。

冯吉,瀛王道之子,少学能文,而轻佻善谑,尤精胡琴。尝因家会,道命弹胡琴,曲终,赐之束帛以辱之。吉致帛于项,以左手抱琴,右手按膝,如伶人拜起,举家大笑。终以浮薄不登清近。仕皇朝,终少列。

顷有秉政者,深被眷倚,言事无不从。一日御宴,教坊杂剧为小商,自称姓赵名氏,负以瓦瓶卖沙糖,道逢故人,喜而拜之。伸足误踏瓶倒,糖流于地,小商弹指叹息曰:"甜采你即溜也,怎奈何!"左右皆笑。俚语以王姓为甜采。

胡秘监旦学冠一时,而轻躁喜玩人。其在西掖也,尝草《江仲甫升使额诰词》云:"归马华山之阳,朕虽无愧;放牛桃林之野,汝实有功。"盖江小字芒儿,俚语以牧童为芒儿。胡又尝行巨珰诰词云:"以尔久淹禁署,克慎行藏。"由是诸竖切齿。范应辰为大理评事,旦画一布袋,中藏一丐者,以遗范,题云"袋里贫士"也。

刘攽贡父、王汾彦祖同在馆阁,皆好谈谑。一日,刘谒王曰:"君改赐章服,故致贺尔。"王曰:"未尝受命。""旦早闻阁门传报,君但询之。"王密使人询之阁门,乃是有旨:诸王坟得用红泥涂之尔。

贡父晚苦风疾，鬓眉皆落，鼻梁且断。一日，与子瞻数人小酌，各引古人语相戏。子瞻戏贡父云："大风起兮眉飞扬，安得壮士兮守鼻梁。"座中大噱，贡父恨怅不已。贡父晚年鼻既断烂，日忧死亡，客戏之云："颜渊、子路微服同出，市中逢孔子，惶怖求避，忽见一塔，相与匿于塔后。孔子既过，颜子曰：'此何塔也?'由曰：'所谓避孔子塔也。'"

有张献图者，应举久不第。好嘲戏，以王年推恩，得三班奉职，以诗寄其妻云："吾今为奉职，子莫怨鸾孤。"

往岁有丞相薨于位者，有无名子嘲之。时出厚赏购捕造谤。或疑张寿山人为之，捕送府。府尹诘之，寿云："某乃于都下三十余年，但生而为十七字诗，鬻钱以糊口，安敢嘲大臣。纵使某为，安能如此著题。"府尹大笑，遣去。

张文宝，永州人，博学有文。从子仲达以诗一轴示文宝，自衔《鹭丝》诗最为得意，云："沧浪最深处，鲈鱼初得时。"文宝云："更宜雕琢。"仲达云："如何雕琢?"文宝云："诗固佳矣，但鹭丝脚太长尔。"仲达赧服。

子瞻通判钱塘，尝权领州事，新太守将至，营妓陈状，以年老乞出籍从良。公即判曰："五日京兆，判状不难；九尾野狐，从良任便。"有周生者，色艺为一州之最，闻之，亦陈状乞嫁。惜其去，判云："慕《周南》之化，此意虽可嘉；空冀北之群，所请宜不允。"其敏捷善谑如此。

顾临学士魁伟好谈兵，馆中戏谓之顾将军。一日，同馆诸公游景德寺，至寺前柏林，雨暴作，顾戏同舍林希曰："雨中林学士。"遽答曰："柏下顾将军。"诸公大噱，以为精对。

熙宁中，学士以《字解》相上，或问贡父曰："曾得字学新说否?"贡父曰："字有三牛为犇字，三鹿为麤字。窃以牛为麤而行缓，非善犇者；鹿善犇而体瘦，非麤大者。欲二字相易，庶各会其意。"闻者大笑。

予元丰元年调博州高唐县令，时黄夷仲廉为监察御史，予往别焉。夷仲口占一绝句见谑云："高唐不是那高唐，风物由来各异乡。若向此中求梦雨，只应愁杀楚襄王。"盖讥河朔风土人物之质朴也。

荆国王文公以多闻博学为世宗师。当世学者得出其门下者，自以为荣，一被称与，往往名重天下。公之治经，尤尚解字，末流务多新奇，浸成穿凿。朝廷患之，诏学者兼用旧传注，不专治新经，禁援引《字解》。于是学者皆变所学，至有著书以诋公之学者，且讳称公门人。故芸叟为挽词云："今日江湖从学者，人人讳道是门生。"传士林。及后诏公配享神庙，赠官并谥，俾学者复治新经，用《字解》。昔从学者，稍稍复称公门人，有无名子改芸叟词云："人人却道是门生。"

补遗

元祐九年，巴东大火，柏与公祠俱焚。明年，莆阳郑赣来为令，悼柏之焚，惜公手植，不忍蕲伐，种凌霄于下，使附干以上，以著公遗迹，且慰邦人之思。朱子《五朝名臣言行录》四之二《寇忠愍公准》。

蔡文忠公喜酒，饮量过人。既登第，通判济州，日饮醇酎，往往至醉。是时太夫人年已高，颇忧之。一日，山东贾存道先生过济，文忠馆之。数日，先生爱文忠之贤，虑其酒废学生疾，乃为诗示文忠曰："圣君恩重龙头选，慈母年高鹤发垂。君宠母恩俱未报，酒如成病悔何追。"文忠瞿然起谢之。自是非亲客不对酒，终身未尝至醉。《五朝名臣言行录》五之一《蔡文忠公齐》。

明肃太后临朝，一日，问宰相曰："福州陈绛赃污狼籍，卿等闻否？"王沂公对曰："亦颇闻之。"太后曰："既闻而不劾，何也？"沂公曰："外方之事，须本路监司发摘，不然，台谏有言，中书方可施行。今事自中出，万一传闻不实，即所损尤大也。"太后曰："速选有风力、更事任一人为福建路转运使。"二相禀旨而退，至中书，沂公曰："陈绛，滑吏也，非王耿不足以擒之。"立命进熟。吕许公俯首曰："王耿亦可惜也。"沂公不谕。时耿为侍御史，遂以为转运使。耿拜命之次日，有福建路衙校拜于马首，云："押进奉荔枝到京。"耿偶问其道路山川风候，而其校应对详明，动合意旨。耿遂密访绛所为，校辄泣曰："福州之人以为终世不见天日也，岂料端公赐问，然某尤为绛所苦者也。"遂条陈数十事，皆不法之极。耿大喜，遂留校于行台，俾之干事。既置诏狱，事皆不实，而校遂首常纳禁器于耿。事闻，太后大怒，下耿吏，狱具，谪耿淮南副使。皆如许公之料也。《五朝名臣言行录》六之一《吕文靖公夷简》。

是岁大旱蝗，诏公奉使安抚江、淮。还，以太平州贫民所食乌昧草进呈，乞宣示六宫戚里，用抑奢侈。《五朝名臣言行录》七之二《范文正公仲淹》。

徂徕石守道常语学者曰："古之学者，急于求师。孔子，大圣人

也,犹学礼于老聃,学官于郯子,学琴于师襄,矧其下者乎！后世耻于
求师,学者之大蔽也。"乃为《师说》以喻学者。是时孙明复先生居太
山之阳,道纯德备,深于《春秋》,守道率张洞北面而师之,访问讲解,
日夕不怠。明复行则从,升降拜起则执杖屦以侍。二人者,久为鲁人
所高,因二人而明复之道愈尊。于是学者始知有师弟子之礼。《五朝名
臣言行录》卷十之四《徂徕石先生介》。

公旧有德于关中,秦人爱之。后子华自丞相出宣抚陕西,父老有
远来观于道旁者,愕然相谓曰:"吾以谓韩公,乃非也。"于是相引而
去。《三朝名臣言行录》一之一《韩忠献公琦》。

西塘集耆旧续闻

[宋] 陈　鹄　撰

郑世刚　校点

校 点 说 明

《西塘集耆旧续闻》，又称《耆旧续闻》，十卷，南宋陈鹄撰。鹄，号西塘，河南南阳人。其生平行事无从考见。仅据本书零星记述反映，陈鹄生活在南宋孝宗、宁宗时期。二十岁左右客居浙东，往来于临安、会稽、湖州一带。他"少学诗"，后贡入太学为诸生。淳熙十一年（1184），在"临安郡庠"。绍熙元年（1190）洪迈知绍兴府时，他在会稽"乘间"与之论学。嘉定八年（1215），任职为滁州教授。

《耆旧续闻》近四分之一篇幅论述柳宗元、苏轼等唐宋文贤六十余人的诗词作品，虽一鳞半爪，然搜罗旧闻，捃拾典故，不乏有真知灼见者。其辩证东坡《贺新郎》词中"榴花"为妾名一条，论见就自成一说。《乡音是处不同》等条论述，精彩警绝，多为后来学者所援引。所记典章制度、士林习尚亦较有史料价值。

此书《宋史·艺文志》不见著录。《汲古阁珍藏秘本书目》著录有《耆旧续闻》，并注曰"旧钞此书，人间绝无"，说明在明末清初流传的是钞本，且数量不多。清乾隆时抄入《四库全书》。现在我们能见到的刊本有：《知不足斋丛书》本及《丛书集成初编》本。据《四库全书简明目录标注》周星诒《附录》说本书"旧钞本俱分二卷"。邵伯炯《续录》也说本书"明清钞本皆二卷"。然《汲古阁珍藏秘本书目》却著录为十卷。现在上海图书馆藏明红格残钞本《耆旧续闻》为六至十卷部分。可见"明清钞本皆二卷"之说无根据。这次校点，以《知不足斋丛书》本为底本，与《四库全书》本和明红格残钞本对校，同时参校《丛书集成》本、《旧小说》节本及《宋史》、《范文正公文集》、《临川先生文集》、《山谷集》、《东坡乐府》等书。又原书无标目，为便于检索，今为各条拟题作为目录。校点中错误之处，谨请读者指正。

目　录

卷第一

朱司农载上尝分教黄冈，时东坡谪居黄，未识司农公。客有诵公之诗云："官闲无一事，蝴蝶飞上阶。"东坡愕然曰："何人所作？"客以公对。东坡称赏再三，以为深得幽雅之趣。异日，公往见，遂为知己。自此，时获登门。偶一日谒至，典谒已通名，而东坡移时不出。欲留则伺候颇倦，欲去则业已达姓名。如是者久之，东坡始出，愧谢久候之意，且云："适了些日课，失于探知。"坐定，他语毕，公请曰："适来先生所谓日课者何？"对云："钞《汉书》。"公曰："以先生天才，开卷一览，可终身不忘，何用手钞邪？"东坡曰："不然，某读《汉书》，至此凡三经手钞矣。初则一段事钞三字为题，次则两字，今则一字。"公离席复请曰："不知先生所钞之书肯幸教否？"东坡乃命老兵就书几上取一册至，公视之，皆不解其义。东坡云："足下试举题一字。"公如其言。东坡应声辄诵数百言，无一字差缺，凡数挑皆然。公降叹良久，曰："先生真谪仙才也！"他日，以语其子新仲曰："东坡尚如此，中人之性，岂可不勤读书邪！"新仲尝以是诲其子辂。叔旸云。

中书待制公翌新仲尝言：后学读书未博，观人文字，不可轻诋。且如欧阳公与王荆公诗云："翰林风月三千首，吏部文章二百年。"荆公答云："他日若能窥孟子，终身安敢望韩公。"欧公笑曰："介甫错认某意，所用事，乃谢朓为吏部尚书郎，沈约与之书云'二百年来无此作也'。若韩文公，迨今何止二百年邪？"前后名公诗话，至今博洽之士，莫不以欧公之言为信，而荆公之诗为误。不知荆公所用之事，乃见孙樵《上韩退之吏部书》："二百年来无此文也。"欧公知其一，而不知其二，故介甫尝曰："欧公坐读书未博耳。"虽然，荆公亦有强辩处。尝有诗云："黄昏风雨满园林，残菊飘零满地金。"欧公见而戏之曰："秋英不比春花落，传语诗人仔细吟。"荆公闻之，曰："永叔独不见《楚词》'夕餐秋菊之落英'邪？"殊不知《楚词》虽有"落英"之语，特寓意"朝""夕"二字，言吞阴阳之精蕊，动以香净自润泽尔。所谓"落英"者，非飘零满地之谓也。夫百卉皆雕落，独菊花枝上枯，虽童孺莫不知之。荆公作事，动辄引经为证，故新法之行，亦取合于《周官》之书，其大概类此尔。

待制公十八岁时，尝作乐府云："流水泠泠，断桥斜路横枝亚。雪花飞下，全胜江南画。白璧青钱，欲买应无价。归来也，风吹平野，一点香随马。"朱希真访司农公不值，于几案间见此词，惊赏不已，遂书于扇而去，初不知何人作也。一日，洪觉範见之，扣其所从得，朱具以告。二人因同往谒司农公问之，公亦愕然。客退，从容询及待制公，公始不敢对，既而以实告。司农公责之曰："儿曹读书，正当留意经史间，何用作此等语邪！"然其心实喜之，以为此儿他日必以文名于世。今诸家词集及《渔隐丛话》皆以为孙和仲或朱希真所作，非也。正如《咏折叠扇》词云："宫纱蜂趁梅，宝扇鸾开翅。数折聚清风，一捻生秋意。　　摇摇云母轻，裊裊琼枝细。莫解玉连环，怕作飞花坠。"余尝亲见稿本于公家。今《于湖集》乃载此词，盖张安国尝为人题此词于扇故也。大抵公于文不苟作，虽游戏嘲谑，必极其精妙。尝咏五月菊，词云："玉台金盏对炎光，全似去年香。有意庄严端午，不应忘却重阳。　　菖蒲九节，金英满把，同泛瑶觞。旧日东篱陶令，北窗正卧羲皇。"又与秦师垣启："鸡鸣函谷，孟尝繇是以出关；雁落上林，属国已闻于归汉。"盖秦尝留金庭，未几纵还，既而金人复悔，遣骑追之，已无及矣。公之用事亲切多类此，遂得擢用。

吕伯恭先生尝言往日见苏仁仲提举，坐语移时，因论及诗。苏言南渡之初，朱新仲寓居严陵。时汪彦章南迁，便道过新仲，适值清明，朱送行诗云："天气未佳宜且住，风波如此欲安之。"盖用颜鲁公帖及谢安事，语意浑成，全不觉用事。二十年欲效此体，用意不到，比作陆仲高挽章，偶然得之，云："残年但愿长相见，今雨那知更不来。"盖用杜子美诗句"但愿残年饱吃饭"、"但愿无事常相见"，及《秋述》"常时车马之客，旧雨来，今雨不来"，亦不觉用事也。恐可庶几焉。乃知待制公之诗，在当时已为前辈所推重如此。苏训直云。

有问刘元城先生："'吾犹及史之阙文也，有马者借人乘之，今亡矣夫。'先儒说此多矣，但难得经旨贯串。"元城曰："子但熟味'及'字与'亡'字，自然意贯。'有马者借人乘之'，便是史之阙文。夫有马而借人乘，非难底事，而史且载此，必是阙文。'及'，如及见之谓。圣人在衰周，犹及见此等史，存而不敢削，亦见忠厚之意。至后人见此语颇无谓，遂从而削去之，故圣人叹曰'今亡矣夫'，盖叹此句之不存也。故圣人作《春秋》，于'郭公'、'夏五'皆存之于经者，盖虑后人妄意去取，失古人忠厚之意，书之所以示训也。"故先生尝言："'直，其正也；方，其义也。君子敬以直内，义以方外。'当为'正以直内'。'能悦诸心，能研诸侯之虑。'当为'能研诸虑'。如此类者，五经中极多，前辈恐倡后生穿凿之端，故不敢著论。若或为之倡，后生竞生新意，以相夸尚，六经无全书矣，其害多于无人论说之时。此前辈所以谨重，姑置之不言可也，此正有得于圣人阙文之意。"又问："汉之四皓，扬子云尝称其美行，子云于高帝世为近，必其事之不可诬者。司马温公作《通鉴》，削而去之，以为高祖不废太子者，但以大臣皆不从，恐身后赵王不能独立，故不为耳，岂山林四叟片言能桎其事哉？若四叟实能制高祖使不废太子，是留侯为子立党以制其父，留侯岂为是哉？此特辩士欲夸大其事，故云。司马迁好奇，多爱而采之，今皆不取。斯言果然否？"元城曰："此殆有深意。老先生作《通鉴》，欲示后世劝戒之意。正如子夏问'巧笑倩兮，美目盼兮，素以为绚兮'，夫子既告之以绘事后素，又发起予之叹。至于删《诗》则削而去之。今《硕人》诗之二章，无'素以为绚兮'一句，盖礼与生俱生，不可后也。子夏疑之曰：'礼后乎？'故夫子许其可与言诗。若此之类，又不可以概论。"曾原伯云。

　　曾文清公吉甫，三孔出也，少从诸舅游，见元城先生谈论间多及《论语》，其言曰："'知之为知之，不知为不知，是知也。'真实处便是真知。才以不知为知，必是欺伪底人，如此，则所丧者多矣。故老先生常守一个'诚'字，又言'诚自不妄语中入'，盖为是也。"又曰："'民可使由之，不可使知之'，若如此，则大有识义理者，岂可禁之使勿知？殊非人皆可以为尧舜、途人可以为禹之意。盖当熟味'使'字，如孟子言'梓匠轮舆，能与人规矩，不能使人巧'之义。圣人能以理晓人，至于知处，贵乎自得，非口耳可传授，故曰：'人莫不饮食也，鲜能知味也。'"

陆太傅轸,会稽人,神采秀异,好为方外游,七岁犹不能语。一日,乳媪携往后园,俄而吟诗曰:"昔时家住海三山,日月宫中屡往还。无事引他天女笑,谪来为吏在人间。"后仕至兵部郎官,力请老归稽山。宋元宪公、杜祁公一时名胜,皆有送行诗,篇中多及神仙之事,盖公之雅志也。公晚年专意炉鼎,丹将成。偶一日,妻夫人因事怒,击碎其丹,化为双鹤飞去。尝视诸孙中,指农师之弟倚承奉公曰:"此儿有仙风道骨。"

承奉公倚,少无宦情,家人勉其从吏。初为余杭尉,沿檄出邑,道逢一皓鬓翁,遽下拜之。翁趋避,公随其所之。翁知其势不可辞,遂曰:"尊官何以知某为异人?"公曰:"凡人行皆有影,惟公独无,所以知之。"翁曰:"尊官所欲学者何术邪? 贫道有黄白之术,当奉传。"曰:"不愿。"又欲授以黄帝房中秘术,皆不愿。翁曰:"然则尊官所欲者何?"曰:"所愿延年益寿神仙之术尔。"翁遂授之以秘诀。同行里许,忽不见。公即弃官,迳归其家,筑草堂三间于家侧,日夜寝处其中。独有一老兵执役,每日濯其冠,弊则更之。老兵不执役,则屏于舍外,常闻其中若有对语者,近听之则寂然。如是者四十余年,虽去家跬步,未尝过而问焉。一日,忽召其子,令洒扫,具朝衣香案。其子怪问其故,公曰:"少顷,有召命至矣。"已而果召公赴阙。公谢恩毕,辞命,复入草堂。其后将终,谓其子曰:"死生如旦昼,勿以为念。"笑坐而逝。先一夕,天庆观羽士梦有神人告之曰:"陆某乃河伯水官,交代急,遣骑迎之。"是夜天大雨,水暴涨,浸没其家三尺许,家人登避,救死不暇,沃及公尸。顷刻水退,昇敛,轻如纸,则公为水仙矣。

太傅公尝守会稽,上元夕放灯特盛,士女骈阗,有一士人从贵宦幕外过,见其女乐甚都,注目久之,观者狎至,触坠其幕。贵宦者执其士以闻于府,公呼而责之,曰:"为士不克自检,何邪?"对曰:"观者皆然,竞自脱去,独某居后,所以被辱。"公观其应对不凡,必是佳士,因谓曰:"子能赋此斑竹帘诗,当释子罪。"盖用斑竹帘为幕也。士子索笔,落纸立就。其诗曰:"春风慽慽动帘帷,绣户朱门镇日垂。为爱好花成片段,故教直节有参差。"又曰:"昔年珠泪泣虞姬,今日侯门作妓衣。世事乘除每如此,荣华到底是危机。"公览诗,大奇之,延为上客。子逸云。

卷第二

陆辰州子逸，左丞农师之孙，太傅公之玄孙也。晚以疾废，卜筑于秀野，越之佳山水也。公放邀其间，不复有荣念。对客，则终日清谈不倦，尤好语及前辈事，缅缅倾人听。余尝登门，出近作《赠别》长短句以示公，其末句云："莫待柳吹绵，吹绵时杜鹃。"公赏诵久之。是后，从游颇密。公尝谓余曰："曾看东坡《贺新郎》词否？"余对以世所共歌者。公云："东坡此词，人皆知其为佳，但后擬用榴花事，人少知其意。某尝于晁以道家见东坡真迹，晁氏云：东坡有妾名曰朝云、榴花。朝云死于岭外，东坡尝作《西江月》一阕，寓意于梅，所谓'高情已逐晓云空'是也。惟榴花独存，故其词多及之。观'浮花浪蕊都尽，伴君幽独'，可见其意矣。又《南歌子》词云：'紫陌寻春去，红尘拂面来。无人不道看花回。惟见石榴新蕊一枝开。　　冰簟堆云髻，金樽滟玉醅。绿阴青子莫相催。留取红巾千点照池台。'意有所属也。"或云赠王晋卿侍儿，未知其然否也？

余谓后辈作词，无非前人已道底句，特善能转换尔。《三山老人语录》云："从来九日用落帽事，东坡独云'破帽多情却恋头'，尤为奇特。"不知东坡用杜子美诗"羞将短发还吹帽，笑倩傍人为整冠"。近日陈子高作《谒金门》云："春满院，飞去飞来双燕。红雨入帘寒不卷，小屏山六扇。"乃《花间集》和凝词："拂水双飞来去燕，曲槛小屏山六扇。"赵德庄词云："波底夕阳红湿。""红湿"二字以为新奇，不知盖用李后主"细雨湿流光"，与《花间集》"一帘疏雨湿春愁"之"湿"。辛幼安词："是他春带愁来，春归何处？却不解带将愁去。"人皆以为佳，不知赵德庄《鹊桥仙》词云："春愁元是逐春来，却不肯随春归去。"盖德庄又本李汉老《杨花》词"蓦地便和春、带将归去"。大抵后之作者，往往难追前人。盖唐词多艳句，后人好为谑语；唐人词多令曲，后人增为大拍。又况屋下架屋，陈腐冗长，所以全篇难得好语也。公之词传于曲编者，独《瑞鹤仙》"脸霞红印枕"之句。有和李汉老"叫云吹断横玉"，词语高妙，惜其不传于世。其词云："黄橙紫蟹映金壶，潋滟新醅浮绿。共赏西楼今夜月，极目云无一粟。挥麈高谈，倚栏长啸，下视鳞鳞屋。轰然何处，瑞龙声喷薪竹。　　何况露白风清，银河澈汉，仿佛如悬瀑。此景古今如有价，岂惜明珠千斛。灏气盈襟，泠风入袖，只欲骑鸿鹄。广寒宫殿，看人颜似冰玉。"观公之词，可以知其风流酝藉矣。

鲁直跋东坡道人黄州所作《卜算子》词云："语意高妙，似非吃烟火食人语。"此真知东坡者也。盖"拣尽寒枝不肯栖"，取兴鸟择木之意，所以谓之高妙。而《苕溪渔隐丛话》乃云"鸿雁未尝栖宿树枝，惟在田野苇丛间，此亦语病"。当为东坡称屈可也。又古词："水竹旧院落，樱笋新蔬果。"盖唐制，四月十四日，堂厨及百司厨通谓之樱笋厨。此乃夏初，词正用此事。而《丛话》乃云"莺引新雏过"，而以樱笋为非。岂知古词首句多是属对，而樱笋事尤切时耶。

赵右史家有顾禧景蕃《补注东坡长短句》真迹，云："按唐人词，旧本作'试教弹作忽雷声'，盖《乐府杂录》云：'康昆仑尝见一女郎弹琵琶，发声如雷。而文宗内库，有二琵琶，号大忽雷、小忽雷，郑中丞尝弹之。'今本作'辊雷声'，而傅幹注亦以'辊雷'为证，考之传记无有。"又云："余顷于郑公实处，见东坡亲迹书《卜算子》断句云'寂寞沙汀冷'，今本作'枫落吴江冷'，词意全不相属也。又《南歌子》云'游人都上十三楼，不羡竹西歌吹古扬州。'十三间楼，在钱塘西湖北上。此词在钱塘作。旧注云汴京旧有十三楼，非也。"

曩见陆辰州，语余以《贺新郎》词用榴花事，乃妾名也。退而书其语，今十年矣，亦未尝深考。近观顾景蕃续注，因悟东坡词中用"白团扇"、"瑶台曲"，皆侍妾故事。按晋中书令王珉好执白团扇，婢作《白团扇歌》以赠珉。又《唐逸史》："许浑暴卒复悟，作诗云：'晓入瑶台露气清，坐中惟见许飞琼。尘心未尽俗缘重，千里下山空月明。'复寝，惊起，改第二句，云：'昨日梦到瑶池，飞琼令改之，云不欲世间知有我也。'"按《汉武帝内传》所载，董双成、许飞琼皆西王母侍儿，东坡用此事，乃知陆辰州得榴花之事于晁氏为不妄也。《本事词》载榴花事极鄙俚，诚为妄诞。

徐师川云:"东坡《橄榄》诗云'纷纷青子落红盐',盖北人相传,以为橄榄树高难取,南人用盐擦,则其子自落。今南人取橄榄虽不然,然犹有此语也,东坡遂用其事。正如南海子鱼,出于莆田通应王祠前者味最胜,诗人遂云:'通印子鱼犹带骨',又云'子鱼俎上通三印',盖亦传者之讹也。世只疑'红盐'二字,以为别有故事,不知此即《本草》论盐有数种,北海青,南海赤。橄榄生于南海,故用红盐也。又《太平广记》云:'交河之间,平碛中掘数尺,有末盐红紫,色鲜味甘。'本朝建炎间亦有贡红盐者。'红盐'字雅,宜用之。"

吕紫微居仁云:作文必要悟入处,悟入必自工夫中来,非侥幸可得也。如老苏之于文,鲁直之于诗,盖尽此理。

韩退之文,浑大广远难窥测;柳子厚文,分明见规模次第。学者当先学柳文,后熟读韩文,则工夫自见。

韩退之《答李翱书》、老苏《上欧阳公书》,最见为文养气妙处。

西汉自王褒以下,文字专事词藻,不复简古。而谷永等书杂引经传,无复己见,而古学远矣。此学者所宜深戒。

学文须熟看韩、柳、欧、苏,先见文字体式,然后更考古人用意下句处。

学诗须熟看老杜、苏、黄,亦先见体式,然后遍考他诗,自然工夫度越过人。

学者须做有用文字,不可尽力虚言。有用文字,议论文字是也。议论文字,须以董仲舒、刘向为主。《周礼》及《新序》、《说苑》之类,皆当贯串熟考,则做一日便有一日工夫。

后生学问,且须理会《曲礼》、《少仪》等,学洒扫应对进退之事,及先理会《尔雅》、《训诂》等文字,然后可以语上,下学而上达。

学者当以质直为本。孔子曰:"质直而好义。"孟子曰:"不直则道不见,我且直之。"放勋曰:"康之直之。"孟子曰:"以直养而无害。"《楞严经》亦言:"三世诸佛,皆以直心成等正觉。因地不直,果招迂曲。"《维摩经》言:"直心是菩萨净土。"但观古人为学,只是一个"直"字,学者不可忽也。

学问当以《孝经》、《论语》、《孟子》、《中庸》、《大学》为主,此数书既深晓，然后专治一经，以为一生受用。说受用，已是不是，只要成自己之性而已。

大凡为学，须以见贤为主。孟子言："友一乡之善士，至友天下之善士。"孔子言："事其大夫之贤者，友其士之仁者。"所谓贤者，必须取舍分明，不可二三，《易》所谓"定其交而后求"者是也。既能见贤，须尊贤，若但见而不能尊，则与兽畜之无异。今人于有势者则能屈，而于贤者则不能尊，是未之熟思。韩退之作《师说》，曲中今世人之病。大抵古人以为荣，今人以为耻，于不能尊贤之类是也。

威仪辞令，最是古人所谨。春秋时人，以此定吉凶兴衰。曾子临死，以此等事戒孟敬子。此等事最宜留意，最是君子养成处。

作文不可强为，要须遇事乃作。须是发于既溢之余，流于已足之后，方是极头。所谓"既溢"、"已足"者，必从学问该博中来也。

后生为学必须严定课程，必须数年劳苦，虽道途疾病，亦不可少渝也；若是未能深晓，且须广以文字淹渍，久久之间，自然成熟。

自古以来语文章之妙，广备众体，出奇无穷者，唯东坡一人；极风雅之变，尽比兴之体，包括众作，本以新意者，唯豫章一人：此二者，当永以为法。

老杜歌行，并长韵律诗，切宜留意。

老苏作文，真所谓意尽而言止也，学者亦当细观。

外弟赵承国至诚乐善，同辈殆未见其比。盖其性质甚良，不可以他人语也。若少加雕琢，少下勤苦，便当不愧古人。政和三年四月，相遇于楚州宝应，求余论为学之道甚勤，因录予之闻于先生长者本末告之，随其所问，信笔便书，不复铨次，当更求充之考人印证也。

古人年长而为学者多矣，但看用功多寡耳。近时司马子立，年逾二十，不甚知书，人多以为懦弱。后更激励苦学，不舍昼夜，从伊川、张思叔诸人讲求大义，数年之间，洛中人士翕然称之，向之笑者，皆出其下，此学之不可以已也。承国既以余言为然，便当有力行之实。"临川羡鱼，不如退而结网"，此真要语也。

东莱此帖，今藏承国之家。承国乃侍讲荣阳公之外孙也。

慈圣光献大渐，上纯孝，欲肆赦。后曰："不须赦天下凶恶，但放了苏轼足矣。"时子瞻对吏也。后又言："昔仁宗策贤良归,喜甚,曰:'吾今日又为子孙得太平宰相两人。'盖轼、辙也,而杀之可乎!"上悟,即有黄州之贬,故苏有《闻太皇太后服药赦诗》及挽词甚哀。

王嵎升之,少从东坡学,甚俊敏。东坡既除西掖,乃以古槐简赠嵎,曰:"此笏曾奉制策入三等,曾召对议事不合而逐,曾对御史诏狱,曾不试除三字,毋轻吾笏。"

宣和间,重华葆真宫曹王南宫也。烧灯盛于都下。癸卯上元,馆职约集,而蔡老携家以来,珠翠阗溢,僮仆杂行,诸名士几遭排斥。已而步过池北,游人纵观,时少蓬韩驹子苍咏小诗曰:"玉作芙蓉院院明,博山香度小峥嵘。谁言水北无人到,亦有槃跚勃窣行。"

大观初,上元赐诗曰:"午夜笙歌连海峤,春风灯火过湟中。"群臣应制,皆莫能及,独府尹宋乔年诗云:"风生闾阖春来早,月到蓬莱夜未中。"乃赵鼒之子雍代作也。雍少学于陈无己。有句法。

陈无己少有誉,曾子固过徐,徐守孙莘老荐无己往见,投贽甚富。子固无一语,无己甚惭。诉于莘老。子固云:"且读《史记》数年。"子固自明守亳,无己走泗州间,携文谒之,甚欢,曰:"读《史记》有味乎?"故无己于文以子固为师。元祐初,东坡率莘老、李公择荐之,得徐州教授,徙颍州。东坡出守,无己但呼二丈,而谓子固南丰先生也。《过六一堂》诗略云:"向来一瓣香,敬为曾南丰。世虽嫡孙行,名在恶子中。斯人日已远,千岁幸一逢。吾老不可待,露草湿寒螀。"盖不以东坡比欧阳公也。至论诗,即以鲁直为师,谓豫章先生。无己晚得正字,贫且病,鲁直《荆州南》十诗曰:"闭门觅句陈无己,对客挥毫秦少游。正字不知温饱未,春风吹泪古藤州。"无己殊不乐,以"闭门觅句"为歉,又与死者相对为恶。未几,果卒也。

卷第三

　　陈恭公执中当国时，曾鲁公由修起居注除待制、群牧使。恭公弟妇，王冀公孙女，曾出也。岁旦拜恭公，恭公迎谓："六新妇，曾三除从官，喜否？"王固未尝归外家，辄答曰："三舅甚荷相公收录，但太夫人不乐，责三舅曰：'汝三人及第，必是全废学，丞相姻家备知之，故除待制也。'"恭公默然。未几，改知制诰。盖恭公不由科举，失于夷考也。女子之警敏，有如此者。

　　晁无咎闲居济州金乡，茸东皋归去来园，楼观堂亭，位置极萧洒，尽用陶语名目之。自画为大图，书记其上，书尤妙。始无咎请开封解，蔡儋州以魁送；又叶梦得舅也，故比诸人独获安便。尝以长短句曰《摸鱼儿》者寄蔡，蔡赏叹，每自歌，其群从之。道语余："梦无咎监泗州税，何祥也？"已而吏部调知达州，张无尽改泗州，言者论罢，令赴通州。无咎不乐，舣舟收税亭下，以疾不起，果有数乎？

　　晁咏之之道，美叔子，奇士也。宏词第一人。负其才，可凌厉要途，以元符封事废。有诗曰："元年四月朔，日食国有赦。"又有"已失青云空老去"之语。后为西京管库，蔡元度留守稍礼之，以系籍不能荐，忽谓晁曰："如子之才，何必上书？"之道罔措，徐曰："只是没处顿文章。"蔡亦大笑。之道年四十余，终朝请郎。

　　许尚书光凝君谟论本朝内制，惟王岐公《华阳集》最为得体。盖禹玉仕早达，所与唱和，无四品以下官；同朝名臣，非欧阳公与王荆公铭其葬者，往往出禹玉手。高二王，狄武襄碑，尤有史法，而贵气粲然。君谟，岐公婿也。

　　黄鲁直少有诗名，未入馆时，在叶县、大名、吉州、太和、德平，诗已卓绝。后以史事待罪陈留，偶自编《退听堂诗》，初无意尽去少作。胡直孺少汲，建炎初帅洪州，首为鲁直类诗文为《豫章集》，命洛阳朱敦儒、山房李肜编集，而洪炎玉父专其事。遂以《退听》为断，以前好诗皆不收，而不用吕汲老杜编年为法，前后参错，殊牴牾也。反不如姑胥居世英刊《东坡全集》，殊有叙，又绝少舛谬，极可赏也。庐陵守陈诚虚中，刊欧阳公《居士集》，亦无伦次，盖不知编摩之体耳。

祖宗故事，凡仆射、使相、宣徽使皆判州府。宣和初，余丞相以少保、武威军节度使知福州，有司失之也。靖康初，白丞相请外，特进大观文，时李河内公士美当国，考故事，除判寿春府。建炎四年，吕相及刘少傅光世皆以使相分镇江浙，吕知池州，刘知镇江府，又失之也。吕以使相罢平章事，不加食邑、食实封，亦非故事。

陈述古诸女，亦多有文。有适李氏者，从其夫任晋宁军判官，部使者以小雁屏求诗，李妇自作黄鲁直小楷，题其上二绝云：“蓼淡芦敧曲水通，几双容与对西风。扁舟阻向江乡去，却喜相逢一枕中。”“曲屏谁画小潇湘，雁落秋风蓼半黄。云淡雨疏孤屿远，会令清梦绕寒塘。”

林文节子中帅并门，席间与幕府唱和。有徐姓帅属，忘其名，内子能诗，林公每出首唱，徐密写韵归，众方操觚，内子诗已来，必可观也。一日，幕府有醉起舞者，时和林公“蔾”字，其诗曰：“幕中舞客呈鸲鹆，帐下牙兵困蒺藜。”又送一属官径除监司，林公押“僚”字，徐妇和曰：“华衮自宜还旧物，绣衣先见冠同僚。”监司，故相家也。林公甚赏之。

程文简公就试，梦观音从天乘彩车下降，惊觉，乃类旌旂车辂事，果试《德车结旌赋》。平生五更诵观音菩萨数百遍，晚年亦不废。

蔡絛作《西清诗话》，载江南李后主《临江仙》，云“围城中书，其尾不全”。以余考之，殆不然。余家藏李后主《七佛戒经》及杂书二本，皆作梵叶，中有《临江仙》，涂注数字，未尝不全。其后则书李太白诗数章，似平日学书也。本江南中书舍人王克正家物，后归陈魏公之孙世功君懋，余陈氏婿也。其词云：“樱桃落尽春归去，蝶翻轻粉双飞。子规啼月小楼西。玉钩罗幕，惆怅暮烟垂。别巷寂寥人散后，望残烟草低迷。炉香闲袅凤凰儿。空持罗带，回首恨依依。”后有苏子由题云：“凄凉怨慕，真亡国之声也。”

喜祐、治平间，韩氏、吕氏人望盛矣。议者谓魏公将老，置辅非韩即吕。故王介甫结韩持国，又因持国以结子华。持国入政府，每言介甫知经术,可大用。神宗初政,即以学士召,又与子华同入爱立。遂用晦叔为中丞。已而不合,虽子华极力弥缝亦不乐。而持国、晦叔,几若世仇。然介甫微时,与曾子固甚欢,曾又荐于欧阳公。既贵,而子固不屈,故外补近二十年,元丰末方召用。又每于上前,力诋子固与苏子瞻,《日录》可考也。

介甫既归钟山,有诗曰:"穰侯老擅关中事,常恐诸侯客子来。我亦暮年专一壑,每逢车马便惊猜。"此盖平生之志,非特丘壑间也。赵伯山云。

书评谓羊欣书如婢作夫人,举止羞涩,不堪位置。而世言米芾喜效其体,盖米法欹侧,颇协不堪位置之意。闻薛绍彭尝戏米曰:"公效羊欣,而评者以婢比欣,公岂俗所谓重儓者耶。"

世传米芾有洁病,初未详其然。后得芾一帖:"朝靴偶为他人所持,心甚恶之,因屡洗,遂损不可穿。"以此得洁之理。靴且屡洗,余可知矣。又芾方择婿,会建康段拂字去尘,芾择之曰:"既拂矣,又去尘,真吾婿也。"以女妻之。又一帖云:"承借剩员,其人不名,自称曰张大伯。是何老物,辄欲为人父之兄!若为大叔,犹之可也。"此岂以文滑稽者耶。

米芾得能书之名,似无负于海内。芾于真、楷、篆、隶不甚工,惟于行、草,诚入能品。以芾收六朝翰墨,副在笔端,故沈著痛快,如乘骏马,进退裕如,不须鞭勒,无不当人意。然喜效其法者,不过得外貌,高视阔步,气韵轩昂,未究其中本六朝妙处,酝酿风骨,自然超逸也。

本朝承五季之后,无复字画可称。至太宗皇帝,始搜罗法书,备尽求访。当时以李建中字形瘦健,姑得时誉,犹恨绝无秀异。至熙、丰以后,蔡襄、李时雍体制方入格律,不为绝赏。苏、黄、米、薛笔势澜翻,各有趋向。然家鸡野鹄,与草木俱腐者。

徽庙尤喜书,立学养士,惟得杜应稽一人,余皆体仿,了无精气。因念东晋渡江后,犹有王、谢而下朝士,无不能书,以擅一时之誉,彬彬盛哉。至若绍兴以来,杂书、游丝书惟钱塘吴说,篆法惟信州徐兢,亦皆碌碌,可叹其弊也。

本朝自建隆以后,平定僭伪,其间法书名迹,皆归秘府。先帝时又加采访,赏以官联金帛,至遣使询访,颇尽采讨。命蔡京、梁师成、黄冕辈编类真赝,纸书缣素,备成卷帙,皆皂鸾鹊水锦褾褫,白玉珊瑚为轴,秘在内府,用大观、政和印章。其间一印以秦玺书法为宝,后有内府印,标题品次,皆宸翰也。舍此褾轴,悉非珍藏。其次储于外秘。余自渡江,无复钟、王真迹,间有一二,以重赏得之,褾轴字法,亦显然可验。高宗御书赐曹勋。

仁庙将欲封皇女,下崇文院检寻典故。王洙等言:唐制封公主,有以郡国名者,有以美名者。文皇幼女在宫,有晋阳之号。若明皇永穆、常芬、唐昌、太华,皆为美名。乃诏封长女福康公主,次女崇庆公主,盖用明皇故事也。

国朝命妃,未尝行册礼,然故事,须候旨方以诰授之。凡降诰,皆自学士院待诏书词,送都堂,列三省衔,官诰院用印,然后进入。庆历间,加封张贵妃,时宋翰林当制,宣麻毕,宋止就写告,直取官诰院印用之。遽封以进。妃宠方盛,欲行册命之礼,怒掷地不肯受。宋祁落职知许州。乃令丁度撰文,行册礼。宋氏子弟云:元丰末,东坡赴阙,道出南都,见张文定公方平,因谈及内庭文字。张云二宋某文某文甚佳,忘其篇目,惟记一首,是《张贵妃制》。坡至都下,就宋氏借本看,宋氏诸子不肯出,谓东坡滑稽,万一摘数语作诨话,天下传为口实矣。《张贵妃制》,今见本集。

宋子京素有士望,而才高为众所媢,竟不至两地。初,在翰苑时,兄莒公执政,一日对昭陵,天颜不怿,久乃曰:"岂有为人兄而不能诏其弟乎?"莒公知谮者,因答云:"臣弟兄才薄非据,冒荣过分,方俟乞外。"昭陵曰:"甚好,将取文字来。"对毕,同时上章告退。已而莒公守维扬,子京守寿春。凡贵臣出守,朝辞例有颁赐,子京告下,遂入朝辞榜子。宰相吕许公于漏舍呼阁门询之曰:"宋学士甚日朝辞?"阁门云:"已得班。"许公于是愕然曰:"敏哉!"盖欲放谢辞,截其颁赐也。子京辞退,到都堂叙述兄弟久叨至庇,今兹外补扬、寿,相去不远,尽出陶镕之恩。许公曰:"更三年后相见。"此语宋氏子弟云。

宋子京知定州日,作十首《听说中山好》,其一云:"听说中山好,韩家阅古堂。画图新将相,刻石好文章。"有谮于韩魏公者,魏公于是亦不喜之。

欧阳文忠撰《薛参政墓志》云:"明道二年,章献明肃太后欲以天子衮冕见太庙,臣下依违不决,公独争之曰:'太后必若王服见祖宗,若何而拜乎?'太后不能夺,为改他服。"则是太后不以衮冕谒庙。而《宋景文公奏议》乃云:"太后晚节,恪于还政,弗及永图。厌内闱之靓闲,乐外朝之焜照,执镇圭,乘大辂,垂十二旒之冕,被十二章之衮,率百官,陈万骑,跪奉币瓒,历见祖宗。古今未闻,典礼不载,此亦一眚之咎,所共知也。"盖是时有旨差赴编修明道参谢宗庙记所检讨校勘,故宋公《奏议》如此。然则《墓志》又不足据。此事正与东坡记欧阳公作《范文正神道碑》相类。碑载章献太后临朝时,仁宗欲率百官朝正太后,范公力争,乃罢。其后,轼先君修《太常因革礼》,求之故府,而朝正案牍具在,本末无谏止之事,而有已行之明验。先君质之于文忠,文忠曰:"文正实谏,而卒不从,墓碑误也。当以案牍为正。"余谓文忠于志不苟作,况一时耳目所闻睹,二事岂皆误耶?盖所以书于墓志者,不欲开后世弱人主、强母后之渐,而公文必传于不朽,其为戒深矣。

卷第四

阆州有三雅池,《潘蓮记闻》云:"古有修此池者,得三铜器,状如酒杯,各有二篆,曰伯雅,曰仲雅,曰季雅。或谓刘表二子好酒,尝制三爵,大曰伯雅,受一㪷;次曰仲雅,受七升;小曰季雅,受五升。"赵德麟云:"恐是盛酒器,非饮器也。"余以问曾存之,存之言:"古人躯干大,升合小。"王仲弓《伤寒证治论·汤剂注》云:"古方三两当今一两,三升当今一升。"然则存之之言信矣。余按《广韵》"瓺"字,注云"酒器"。"瓺"、"雅"同音,则"瓺"字盖借用,"三雅"乃酒杯也,无可疑者。

过曾大中书室,因论法帖载孙权遣方士取鲻鱼作脍,人皆不解"鲻鱼",作"图"音读。靖康元年,余以事至合流镇,见人家壁间有唐明皇御注《道德经》:"终日行而不离鲻重。""辎"字偏旁作"啚",乃悟"鲻"为"鲻"也。然则考古者,不可不博也。《温氏杂志》。

天禧元年八月敕:"自今两省、谏舍、宗室将军以上,许乘狨毛暖座,余悉禁止。"仍绝采捕。此乃狨座之始也。

故刑部胡尚书尝云:"祖宗时,馆职暑月许开角门,于大庆殿廊纳凉。因石曼卿被酒,扣殿求对,寻有约束,自后不复开矣。"

故事,馆职每洛阳贡花到,例赐百朵,并南库法一有"过"字。酒。此二者,《麟台故事》不载,因并志之。

曾元忠谏议云,先朝郎官兼修日历者,衔上但称"兼著作",无"郎"字。

庆历二年,西方用兵,张安道奏议,乞并枢密院归中书。因除昭文相吕申公兼判枢密院,除集贤相章郇公兼枢密使,而加晏元献同平章事,依旧枢密使。时宋元宪知维扬,王荆公为佥判,代作贺启三首。内昭文一首,宋公别撰,涂抹殆遍,前辈于礼仪语言间谨重如此。宋氏稿副尚存,顷获观之,乃具录焉。荆公启云:"恭审肃被宠灵,参司枢要,伏惟庆慰。窃以安危所系,文武相须,眷注意之殊特,崇仰成之异礼。至若万务通于四海,二柄萃于一门,简在休辰,职繇全德。恭以昭文相公风华博照，天韵雄成，挟旦、奭之谋谟，袭韦、平之系胄。逢辰鼎盛，序爵弥高。清议被民，卓冠一时之杰；丰规振俗，逴跻三代之隆。嗟彼羌豪，警吾边吏；有严天讨，爰整王师。上方深拱以倚平，博谋而取重。畀兹全责，钦若壮猷，舆讼所同，岩瞻惟允。昔馈通函谷，繄沛邑之宗臣；威被匈奴，实汉家之良相。宜今具美，与古兼徽。某凤附末光，雅烦善庇。伏藩城而待罪，隐若自安；占宿邸之移文，戁然滋喜。依归之素，有过等夷。"宋公自作启云："右某启：近得本州进奏院状报，伏承诞膺明制，兼管鸿枢，伏惟庆慰。恭以昭文仆射相公业总将明，地尊弼直。绸缪三事，敷燮九功。穆礭假以无言，陜大猷于同体。屡还休册，专逊硕肤，列让弥高，群瞻益洽。向属戎亭之警，载繄庙略之勤。唯是本兵，别归谋幄，弥纶虽一，名分或殊。果咨相府之尊，并统机庭之重。特颁圣训，参告治朝。创宥密之判规，宠裁成之政本。协修一德，允赖于汤臣；外抚四夷，更光于汉业。安危所注，左右咸宜。"观元宪之意，谓国朝未有判枢密之院者，以上之注意尤重，故云"创宥密之判规，宠裁成之政本"也。

四声分韵，始于沈约。至唐以来，乃以声律取士，则今之律赋是也。凡表、启之类，近代声律尤严，或乖平仄，则谓之"失粘"。然文人出奇，时有不拘此格者。《缄启新范》载《李秀才贺滕学士》一启，全用侧声结句，其辞云："伏审荣承紫涣，进联闺彦。某被遇有素，起扑惭后。且贤者器业，本不在于文藻；而国之钧轴，实籍此而进用。恭以某官率志雅远，持论忠实，惜舒卷尚曰淹晚。今幸以材而抡擢，必将副之。必知所谓豪俊，骤扬庭选，亻见风节，耸闻天下。某成乐樊圃，系心京毂，伏冀上为宗稷，精治兴寝。"

梅圣俞尝云："古人造语，有纯用平声琢句，天然浑成者，如'枯桑知天风'是也。有纯用侧声作诗，云：'月出断岸口，影照别舸背。且独与妇饮，颇胜俗客对。'"

内翰洪公帅会稽日，余尝乘间问曰："禹穴有二处，其一在禹庙告成观，穴上有空石是也。其一去禹庙十余里，名曰'阳明洞天'，即稽山之麓，有石径丈余，中裂为一罅，阔不盈尺，相传指此为禹穴。图经云：'禹治水投玉简于此穴中。'未知孰是？"公云："'禹穴'二字，出司马迁书，虽其事不经，必是秦、汉以来相传如此。张晏注《汉书》云：'禹巡狩，至会稽而崩，因葬焉。上有孔穴，民间云禹入此穴。'又不经之尤者。要之，子长谓'上会稽，探禹穴'，言极其高深也，'探'者取极深之义。今阳明穴中，投物于中，不知其底止，当以此为禹穴可也，非谓禹葬之地。"又问："若耶溪，去镜湖二十余里，乃一小涧水，溪旁人烟极萧条，但有云门寺犹存焉。唐人诗中多言'若耶溪畔采莲女'，何也？"公曰："所谓采莲女者，亦指西子而言也。时之盛衰不同，唐之初年，必是胜地。何以知之？今去耶溪三里许，地颇平旷，世传以为虞世南宅之旧址；杜子美诗云'若耶溪，云门寺，青鞋布袜从此始。'则为唐之胜地可知矣。"予因言："《史记》载秦始皇三十七年，出游过丹阳，至钱塘。临浙江，水波恶，乃西百二十里，从狭中渡。上会稽，祭大禹，望于南海，而立石刻颂秦德。所谓狭中者，即今富阳县，绝江而东，取紫霄宫路是也。江流至此极狭，去步才一二百步，水波委蛇，始皇正从此渡，取暨阳界至会稽山。今暨阳县外有始皇祠宇，乃经从之处。徐广注《史记》直指以为在余杭，不知余杭非江流之所经也。"公深以为然。

郑戬，字天休，知开封府。府吏冯元者，奸巧通结权贵，号为"立地京兆尹"。戬穷其罪，流于海岛。后移守长安，有表曰："听严宸之钟鼓，未卜何辰；植劲柏于雪霜，更观晚节。"上称诵者数四。代范仲淹为西路招讨，置府于泾州。元昊拥众临黑山，戬勒兵巡边，趋莲花堡，时天寒风劲，置酒高会，旗帜绛野，铙鼓聒天，虏众十万不敢动。元昊曰："已遣使称臣，何为复用此公护诸将！"观此，则守帅谢表亦可以见其志节也。范文正公守饶州，谢表云："此而为郡，陈优优布政之方；必也立朝，增謇謇匪躬之节。"天下叹公至诚许国，终始不渝，不以进退易其守也。王元之守滁日，谢表云："诸县丰登，苦无公事；一家饱暖，全藉君恩。"欧阳公取其语，发为歌咏云："诸县丰登少公事，一家饱暖荷君恩。"亦见身在外服，不忘其君之义也。自祖宗以来，凡外郡谢表未有不报行者。庆元初，权奸用事，轮对官希旨，乞勿报行，遂以为例矣。

许下士夫云，章子厚当轴，喜骂士人，常对众云："今时士人如人家婢子，才出外求食，个个要作行首。"张天觉在旁云："如商英者，莫做得一个角妓否？"章笑，久之遂迁职。子厚之孙章大方云："不然。天觉好诙谐，先祖丞相曰：'岂有禁从作是俳语，好挞！'天觉应声云：'某权某职且二年，切告相公挞下"权"字。'丞相笑，未几，乃落'权'字。"

子厚为商州推官，时子瞻为凤翔幕金，因差试官开院，同途小饮山寺。闻报有虎者，二人酒狂，因勒马同往观之。去虎数十步外，马惊不敢前，子瞻云："马犹如此，著甚来由。"乃转去。子厚独鞭马向前去，曰："我自有道理。"既近，取铜沙锣于石上擗响，虎即惊窜。归谓子瞻曰："子定不如我。"异时奸计，已见于此矣。

卷第五

古人作文，多为伐山语。盖取诸书句要入之文字中，贵其简严。杜子美诗云："配极玄都闷。"取"是谓配天之极"也。又尝见宋宣献青词，用"渊宗"二字，取"渊兮似万物之宗"也。此类甚多，而"配极"、"渊宗"二语特妙。《温氏杂志》。

又云：作诗用经语，尤难得峭健。杜子美《端午赐衣》诗："自天题处湿，当暑著来轻。""自天"、"当暑"皆经语，而用之不觉其弱，此可为省题诗法。至落句云："意内称长短，终身荷圣情。"其语又妙。余谓近日辛幼安作长短句有用经语者，《水调歌》云："凡我同盟鸥鹭，今日既盟之后，来往莫相猜。"亦为新奇。

又云：诗有律。子美云："晚节渐于诗律细。"余少学诗，乡先生云："'侵凌雪色还萱草，漏泄春光有柳条。''卑枝低结子，接叶暗巢莺。'此细律也。"唐之诗人及本朝名公，未有不用此。洪龟父诗云："琅玕严佛屋，薜荔上僧垣。"山谷改上句云："琅玕鸣佛屋。"亦谓于律不合也。余谓陆务观尝学诗于曾文清公，有《赠赵教授》诗云："忆昔茶山听说诗，亲从夜半得玄机。律令合时方贴妥，工夫深处却平夷。每愁老死无人付，不谓穷荒有此奇。世间有恨知多少，未得从君谒老师。"亦以合律为工。"穷荒有此奇"，见东坡帖"穷荒有此奇观"，用字皆有来处。

前辈曰：为文叙事，要在切当，不必引证以求奇也。唐李石镇荆南日，崔铉为从事，未几，入为司勋员外郎，历翰林学士，不二岁，拜中书侍郎、平章事。而石尚在镇，其贺崔相状曰："宾筵初启，曾陪樽俎之欢；将幕未移，已在陶熔之下。"盖节度巡官李陟词也。其后，崔铉自右仆射镇淮海，杨收以前太常博士从铉为支使，未几，入为侍御史、吏部员外郎，历翰林学士，甫二岁，拜兵部侍郎、平章事，亦未移镇。其贺杨相状曰："前时里巷，初迎避马之威；今日藩垣，已仰问牛之化。"盖崔澹之词也。

四六用经史全语，必须词旨相贯，若徒积叠以为奇，乃如集句也。杨文公居阳翟时，谢希深与之启云："曳铃其空，上念无君子者；解组弗顾，公其如苍生何！"文公书于扇，曰："此文中虎也。"盖善其用经史语如自己出，特为豪健。张安道为曹修节度使副制云："世载其德，有狐、赵之旧勋；文定厥祥，实姜、任之高姓。"王荆公知制诰，见其稿，深加叹赏，此亦全语最亲切者也。

东坡自海外归，谢表云："七年远谪，不意自全；万里生还，适有天幸。"盖亦用班史之全句而不觉也。

曾元丰为南宫舍人，时相令撰秋宴乐语，因问坐客曰："霜始降而百工休，可对甚语？"久之，坐客云："苦无全句可偶，当劈破用。"曾于是云："始降霜而休百工，正得秋而成万宝。"坐客称善。既而文成，颂圣德一联云："惟天为大，荡荡乎无能名焉；如日之升，皓皓乎不可尚已。"坐客皆击节赏之。

东坡谪黄冈，元丰末，移汝州团练副使，制词云："苏某谪居之久，念咎已深；人才实难，不忍终弃。"坡甚叹服，盖王子发词也。元祐初，坡入掖垣，尚与子发同僚，和子发诗云："清篇带月来霜夜，妙语先春发病颜。"盖为此也。

唐制，给事中亦行词，高宗改给事中曰"东台舍人"是也。德宗时，给事中袁高宿直，当撰卢新州为饶州刺史诰，高执以诣宰相，宰相不从，乃命舍人撰之。

靖康初，陈莹中赠大谏，词云："汲黯何为，坐致淮南之惧；魏公若在，必辍辽东之行。"盖谭勉翁词也。其后勉翁赠官，汪彦章为之词云："虽甄济佯喑，终逃天宝之难；而龚胜已死，不见南阳之兴。"识者美之。吴丞相元中谕燕山父老云："桑麻千里，皆祖宗涵养之休；忠义百年，系父老训诲之力。"徽庙极称赏之。又宣和末，为徽庙罪己诏云："重念累圣仁厚之德，涵养天下百年之余；岂无四方忠义之人，来徇国家一日之急？"识者韪之。又谢右揆表云："上圣中兴，方拥风云之会；下臣孤进，忽叨梦卜之求。"又云："从唐尧于汾水之阳，骇莫惊于思虑；赞黄帝于涿鹿之野，恨未畅于声威。"词人多美之。元中居仪真时，复职奉祠，谢表云："流年往矣，渐知蘧瑗之非；此道茫然，未愿漆雕之仕。"人皆传诵。王达可自翰苑出知镇江，吴元中与之诗云："醉中掷笔金銮殿，睡起鸣箛铁瓮城。"可谓壮语。

东坡十岁时，侍老苏侧，诵欧公《谢对衣金带马表》，因令坡拟之，其间有："匪伊垂之，带有余；非敢后也，马不进。"老苏笑曰："此子他日当自用。"至元祐中，再召入院为承旨，谢表乃益以两句云："枯羸之质，匪伊垂之而带有余；敛退之心，非敢后也而马不进。"

梅和胜执礼，宣和初为给事中，与时相王黼论事不合，改礼部侍郎，守蕲。复落职，责守滁。王黼罢，复职镇江。靖康初，以翰林学士召，其谢表云："喜照壁间而见蝎，乍离枫下而闻钟。"盖"照壁喜见蝎"，此韩退之诗也。而"离枫下闻钟"事，偶不记。后数年，因阅刘禹锡自武陵例召赴京诗曰："云雨湘江起卧龙，武陵樵客蹑仙踪。十年楚水枫林下，今夜初闻长乐钟。"盖用此也。和胜，婺之浦江人也。未冠时，家极贫，而亲老无以为养，大雪中，以诗谒邑宰云："有令可干难闭户，无人堪访懒移舟。"邑令延之，令训其子弟。后蔡嶷榜登科，终于户部尚书，死于靖康之难。庚溪。

温叔皮《杂志》云：舍人行词或有未当，则执政请以稿议改定。杨文公有重名于世，尝因草制，为执政者多所点窜，杨甚不平，因以稿上涂抹处以浓墨傅之，就加为鞋底样，题其榜曰："世业杨家鞋底。"或问其故？曰："是他别人脚迹。"当时传以为嘲谑。自后舍人行词遇涂抹者，必相谑云："又遭鞋底。"

杨文公尝草答契丹书，有"邻壤交欢"之语。进草既入，章圣自注其侧云："鼠壤、粪壤？"文公遽改为"邻境"。盖当时以改制为常。又即位之次年，赐李继迁姓名，复进封西平王，时宋白、苏易简、张洎在翰林，草诏册皆不称旨。惟宋湜匼匝上意，必欲推先帝欲封之意，因进词曰："先帝早深西顾，欲议真封。属轩鼎之俄迁，逮汉坛之未遂。故兹遗命，特付眇躬。尔宜望弓剑以拜恩，守疆垣而效节。"上大喜，不数日，参大政。

仁宗朝，晏元献撰《章懿李皇太后神道碑》破题云："五岳峥嵘，昆山出玉；四溟浩渺，丽水生金。"盖言诞育圣躬，实系章懿。然仁庙夙以母仪事明肃太后，膺先帝拥幼之托，难为直致。才者虽爱其善比，独仁庙不悦，谓晏曰："何不直言诞育朕躬，使天下知之？当更别改。"晏曰："已焚稿于神寝。"上终不悦。逮升祔二后赦文，孙抃承旨当笔，直叙曰："章懿太后丕拥庆衍，实生眇冲，顾复之恩深，保绥之念重。神御既往，仙游斯藐。嗟夫！为天下之母，育天下之君。不逮乎九重之承颜，不及乎四海之致养。念言一至，追慕增结。"上览之，感泣弥月。明赐之外，悉以东宫旧玩密赉之。岁余，遂参大政。

景祐初，张唐卿榜赐特恩出身章服等诰词，略云："青衿就学，白首空归。屡尘乡版之书，不预贤能之选。靡务激昂以自励，止期皓首以见收。"仁宗怒曰："后世得不贻子孙之羞乎！"御笔抹去。宋郑公庠别进云："久沦岩穴，夙蕴经纶。莺迁未出于乔林，鹗荐屡先于乡版。纵辔诚希于远到，抟风勉屈于卑飞。"上颇悦。

庆历七年春旱，杨察隐甫草诏。既进，上以罪己之词未至，改云："乃自去冬，时雪不降，今春大旱，赤地千里。天威震动，以戒朕躬。兹用屈己谢愆，归诚上叩。冀高穹之降监，闵下民之无辜，与其降戾于人，不若移灾于朕。自今避殿减膳，中外实封言事。"《金坡遗事》。

自苏子美监奏邸，旧例，鬻故官牒以赛神，因而宴客。时馆阁诸名公毕集，独李定不预，遂捃摭其事，言于中丞王拱辰。御史刘元瑜迎合时宰之意，兴奏邸之狱，一时英俊斥逐殆尽，有"一网打尽"之语。故梅圣俞有诗云："一客不得食，覆羹伤众宾。"盖指李定也。自此禁苑阙人。上谓少年轻薄，不足为馆阁重。时宰探上意，乃引彭乘备数。乘，蜀人，少时尝欲贽所业于张忠定公，因门僧文鉴求见。僧先以所贽示公，公览之殆遍，都掷于地。乘大惭而退，其缪可知矣。及在翰林，有边帅乞朝觐，上许候秋凉即途，乘为批答诏云："当俟肃肃之候，爰堪靡靡之行。"田况知成都，两蜀荒歉，饥民流离，况即发仓赈济，既而上表待罪。乘又当批答云："才度岩岩之崄，便兴恻恻之情。"人传以为笑。后观赵子崧《中外旧事》云：嘉祐丁酉，李驸马都尉和文之子少师端愿，作"来燕堂"，会翰林赵叔平概、欧阳永叔修、王禹玉珪，侍读王原叔洙，舍人韩子华绛。永叔命名，原叔题榜，联句刻之石，可以想见一时人物之盛。盖仁宗末年，文、富二公为相，引用得人如此。

淳熙间，周益公子充，久在禁苑。及除右揆，李巘子山当制，词中有"三毋"之戒。公力辞不拜命。寿皇宣谕，令改之。然制麻已廷告，既而复改，人颇异之。不知祖宗朝改制率以为常，但改之于未宣之前尔。又有中书舍人权直崔敦诗，时谢后自贵妃册后，内廷文字颇多，崔非所长，苦思遂成瘵疾，临卒，有子尚幼，手书一纸，戒其子无学属文，悉取其所为稿焚之。王右司公衮吉老尝语余云。余后读本朝《名臣传》，翰林学士彭乘不训其子文学，参军范宗翰学士责之曰："王氏之珙、珪、玘、琰，器尽璠玙；韩氏之综、绛、缜、维，才皆经纬。非荫而得，由学而然。"二事绝相类。今人教子惟恐不能文，二公乃以属文为戒，与窦禹钧、麻希孟之训子异矣。此可以续《金坡遗事》。

卷第六

本朝名公四六，多称王元之、杨文公、范文正公、晏元献、夏文庄、二宋、王岐公、王荆公、元厚之、王履道。元之出补外，贺同时在翰林大拜者云："三神山上，曾陪鹤驾之游；六学士中，犹有渔翁之叹。"又《滁州谢表》云："诸县丰登，苦无公事；一家饱暖，全赖君恩。"文公以母病不谒告，兄弟径归许下，责授秘书监，分司西京，谢表云："介推母子，愿归绵上之田；伯夷弟兄，甘受首阳之饿。"后除汝州，言者攻击不已，公又有启云："已挤沟壑，犹下石而不休；方困蒺藜，尚弯弓而相射。"文正公初随母嫁朱氏，后复姓，谢表云："志在逃秦，入境遂称于张禄；名非霸越，乘舟乃效于陶朱。"文庄父官河北，契丹犯界，没于王事。后丁母忧，起复，奉使契丹，辞表云："父没王事，身丁母忧。义不戴天，难下穹庐之拜；礼当枕块，忍闻夷乐之声！"荆公尤工于四六，并见本集。吕吉甫监杭州酒务，时元厚之自侍从出守，每过之，必论文至通夕。他日，吉甫见荆公问："钱塘往来之冲，有佳士子乎？"吉甫曰："才士极难得，如元某，好个翰林学士。"公曰："有甚制作？"吉甫乃于书瓮中出其一编，皆元所为文也。荆公熟味，甚喜。已而元为词臣，多士犹未深知之，及荆公除昭文相，制麻云："若砺与舟，世莫先于汝作；惟衮及绣，人久伫于公归。"于是众皆叹服。王安中履道，初任大名府元城县簿，吉甫一见奇之，未知其有文也。会熙河奏捷，履道代为贺表云："方叔壮猷，顾自嗟于老矣；皋陶赓载，尚希赞于康哉。"盖能发其微也。

南渡内外制多出汪内翰彦章之手，脍炙人口。同时有孙仲益、韩子苍、程致道、张焘、朱新仲、徐师川、刘无言，后有三洪兄弟。至辛巳岁，容斋草亲征诏曰："惟天惟祖宗，方共扶于基绪；有民有社稷，敢自佚于宴安。"又曰："岁星临于吴分，定成淝水之勋；斗士倍于晋师，可决韩原之战。"是时，岁星在楚。檄书曰："为刘氏左袒，饱闻思汉之忠；俟汤后东征，必慰戴商之望。"汪浮溪《王绚复官制》曰："圣人之心，如权衡之公，法无私者；君子之过，如日月之食，人皆见之。卫侯醇谨，初岂有于他肠；颜子庶几，尚何忧于贰过。"《赐王绹为从弟投拜金人自劾不允诏》曰："昔羊舌坐诛，靡连叔向；王敦稔恶，犹赦茂弘。盖古者君臣相与于腹心之间，未尝以兄弟辄投于形迹之地。"《代嘉王谢及第表》："鹏击天潢之浪，莺迁帝苑之春。昔惭假宠于分茅，今喜成名于拾芥。"知徽州乡郡，《谢封新安郡侯表》："久客还家，方憩南飞之鹊；通侯授印，忽成左顾之龟。宋人洴澼以得封，望胡及此；汉将银黄而夸里，荣乃过之。"《贺收复杭州表》："河有防而蚁为之决，稼太盛则螟生其间。唯兹啸聚之徒，盖以承平之久，敢摇蜂虿之毒，盗弄萑苻之兵。折棰一笞，投戈四溃。旄戎所向，举江山归指顾之中；帅藩复完，他郡县可谈笑而得。"靖康末，《代群臣劝进表》："辄慕周勃安刘之计，庶伸程婴存赵之忠。幸率土相从而归启，且诸侯不辍以事周。"又表："整襄城之驾，而早戒修涂；除高邑之坛，而亟临大宝。方图后效，如成王《小毖》之诗；光复丕基，迈文帝大横之兆。"靖康二年《皇太后手诏》："历年二百，人不知兵；传序九君，世无失德。虽举族有北辕之衅，而敷天同左袒之心。"又曰："汉家之厄十世，宜光武之中兴；献公之于九人，唯重耳之尚在。"

周益公久在禁林，词章为一时之冠。《辞免直学士院状》云："顾仙岭之提鳌，自存大手；矧明庭之仪凤，方集奇才。"《谢内相表》："视淮南之书，岂但矜夸于下国；听山东之诏，固当裨助于中兴。"《谢衣带鞍马表》："褐衣褐见，莫陈汉戍之便宜；马去马归，敢计塞翁之倚伏。"除大观文，判潭州，以言者夺职罢镇，后复职仍判潭州，到任，谢表云："谓昔之销印，重违白笔之公言；故今者剖符，庸示清衷之本意。跂类雁门之复，梦成鹿野之真。"又《谢复职表》云："华阳黑水，裂地而封；旧物青毡，从天而下。"人皆传诵。

郑元枢惠叔知建宁日，因前所荐舒光改秩，后光以贿败，公坐降两秩，谢表云："视所以，观所由，不加详审；听其言，信其行，竟堕欺诬。迨兹累年，果尔连坐；亦羿有罪，于予何诛。"又云："敢不励《缁衣》好贤之心，谨推毂下士之礼。期不坠于家世，庶少酬于国恩。"盖用郑家事，尤为亲切。

　　吕洞宾先生多游人间，丁晋公通判饶州日，洞宾往见之，语公曰："君状貌颇似李德裕，他日富贵皆如之。"公咸平初与杨文公言其事，今已执政。张洎家居，忽外有一隐士通谒，乃洞宾名姓。洎倒屣迎见之，洞宾自言吕渭之后，四子温、恭、俭、让，让终海州刺史，洞宾系出海州房，所任官唐史不载。索笔八分书七言四韵留与洎，颇言将佐鼎席之意。末句云："成功当在破瓜年。"俗以破"瓜"字为二八，洎年六十四卒，乃其谶也。滕宗谅守巴陵，回道士上谒，滕口占曰："华州回道士，来到岳阳城。别我留何处？秋空一剑横。"回大笑而去。吕有诗在人间极多："三入岳阳人不识，朗吟飞过洞庭湖。"又："饮海龟儿人不识，烧山符子鬼难看。"又："一粒粟中藏世界，二升锅内煮山川。"并见杨公《谈苑》。又："卖墨年年到鼎州，无端知府问踪由。家居北斗魁星下，剑挂南窗月角头。"《东坡诗话》云："熙宁元年八月十九日，有道士过沈东老饮酒，用石榴皮写绝句壁上，自称回道人。出门至石桥上，先度桥数十步，不知所在。或曰此吕洞宾也。诗云：'西邻已富忧不足，东老虽贫乐有余。白酒酿来缘好客，黄金散尽为收书。'"此东坡倅钱塘之日。今在石村沈家画壁犹存所画之像，藤蔓交蔽其体，惟面貌独出。余往来苕霅，屡见之。其他如磨铁镜，舞画鹤，设僧供于长沙，隐姓名于谷客，其异迹固多有之。惟渡江以来，近在辛卯岁，尝游毗陵。系青结巾，黄道服，皂绦、草履，手持棕笠，自题曰"知命先生"，自呼于市。荆门守胡公俦闻其声颇异，延之问命，先生曰："公有寿，且得见次，不在清明前五日，即在清明后七日。"至期，忽得报云："第二政已改受他郡。"七日后，又得报云："见政有召命。"胡始知其为异人，乃悟"知命"字皆从"口"，必是吕洞宾无疑，深恨不款延之。日夜追想其状貌，欲使画工图之，不可得。及至荆门半载，忽一日，公厅肃客，有急足声喏云："某知州府有书信，今且往某州下书，回途却请回书。"客退开书，通寒暄外无他语，有一轴信，开视，乃是南京石本吕公画像，与在毗陵日所见衣巾状貌无少异，公益叹慕。胡后守滁州，为刻石以志其事。余乙亥岁为滁教，距辛卯岁五十余年矣，以此知先生未尝不游人间，但世人少有仙风道骨，遇之者鲜矣。

　　华山狂子张元，天圣间坐累终身。尝作《雪》诗云："七星仗剑搅天池，倒卷银河落地机。战退玉龙三百万，断鳞残甲满天飞。"又《鹰》诗云："有心待搦月中兔，更向白云头上飞。"其诗怪诵多类此。韩魏公在鄜延日，元以策干公不用，后流落窜西夏，教元昊为边患。及公抚陕右，书生姚嗣宗献诗云："踏破贺兰石，扫空西海尘。布衣能办此，可惜作穷鳞。"公曰："此人若不收拾，又一张元矣。"遂表荐官之。又尝题诗于关中驿舍云："欲挂衣冠神武门，先寻水竹渭南村。却将旧斩楼兰剑，买得黄牛教子孙。"东坡见而志之，后闻乃嗣宗诗。又有诗云："崆峒山叟笑不语，静听松风饱昼眠。"皆豪语也。

施逵字必达，建阳人。少负其才，有诗名。建炎间，早擢上第，为颍州教官，秩满而归。时范汝为为寇，据建城，执逵而胁之，令书旗帜，遂陷贼党。朝廷命韩世忠讨之，城破，乃捕逵付军帐，至临安，送府狱，编隶湖外。离家之日，度此去必无生还，乃嘱其妻令改适。其妻悲泣，鬻奁具所有以给行囊。及出狱，赂防送卒使缓其行。买一获自随，所至宿舍，纵其通淫。行至中途村舍，一夕，多市酒肉，令恣饮，中夜酣卧，手刃二卒及婢，乃变衣易姓名窜于淮甸滁、黄间。后朝廷图影重赏捕之甚急，逵乃为僧，行入边界山寺中。主僧见其执役惟谨，亦异顾之，疑其必非凡夫。一日，以事役其徒众使出，独留逵在，呼而问曰："朝廷严赏捕亡命之人，若是汝，可以实告我，却为汝寻一生路脱去。不然，不独汝身被戮，亦累及山门。"逵力讳拒。僧曰："我观汝面目不是庸人，爱汝故尔。"逵乃感泣下拜，悉露情愊。僧又恐其疑己，谓曰："我即坐此，汝自往吾卧内取一箱袱来。"预作一书并白金数两取出赠之，云："可速入彼界，寻某寺僧某投之。"逵拜谢而去，遂至某寺。岁余，主寺见其能书翰，甚喜之。逵于暇日，买北庭举业习之，易名宜生。举进士，廷试《天子日射三十六熊》赋，云："圣天子内敷文德，外扬武功，云屯一百万骑，日射三十六熊。"遂冠榜首，仕于金国，后为中书舍人，入翰苑。绍兴庚辰，逆亮谋犯淮，先遣逵为贺正使，凭狐据慢。朝廷以尚书张焘为馆伴使，每以首丘桑梓之语动之，意气自若。临歧顾张曰："北风甚劲。"张因奏"早为备"。逵少时尝有诗云："久坐乡关梦已迷，归来投宿旧沙溪。一天风雨龙移穴，半夜林峦鸟择栖。卖菜无人求好语，种瓜何地不成畦。男儿未老中原在，寄与鹧鸪莫浪啼。"又《严子陵钓台》诗:"悬崖断壑少人踪,只合先生卧此中。汉业已无一抔土,钓台今是几秋风。""同学刘郎已晏旃,未应换与此羊裘。子云到老不晓事,不信人间有许由。"至黄州《吊东坡》诗:"文星落处天应泣,此老已知吾道穷。事业漫夸生仲达,功名犹忌死姚崇。"至一寺中,为僧题屏风八景,其《平沙落雁》云:"江南江北八九月,葭芦伐尽州渚阔。欲下未下风悠扬,影落寒潭三两行。天涯是处有菰米,如何偏爱来潇湘?"此诗已有异志。又《感春》诗云:"感事伤怀谁得知?故园闲日自晖晖。江南地暖先花发,塞北天寒迟雁归。梦里江河依旧是,眼前阡陌似疑非。无愁只有双蝴蝶,解趁残红作阵飞。"又《感钱王战台》诗:"层层楼阁捧昭回,元是钱王旧战台。山色不随兴废去,水声长逐古今来。年光似月生还没,世事如花落又开,多少英雄无处问,夕阳行客自徘徊。"此诗是出塞作。又《题将台》诗:"梅花摘索未全开,老倦无心上将台。人在江南望江北,征鸿时送客愁来。"此诗奉使本朝时作。又《题壁》云:"君子虽穷道不穷,人生自古有飘蓬。文章笔下千堆锦,志气胸中万丈虹。大抵养龙须是海,算来栖凤莫非桐。山东宰相山西将,莫把前功论后功。"逵尝卜葬地,卜者曰:"若近里葬,三纪后可出侍从,子孙绵远;近前,一纪年穷困,后方显达,但不归家乡。"逵曰:"子孙富贵何预于我邪?"即从前葬。韩蕲王之孙枝尝语余云。后见赵左史再可云:靖康之难,有族人陷于北境。叶倅者,建宁人,仕于南京,亦留金国。逵为其子叶寮执伐,娶赵氏。后和好既成,金还河南地,于是陷金者皆得归江南。寮,今为杂卖场监官,亦能言宜生之事。逵祖坟,今在邵武建宁县施村,土人犹能言其事,墓尚存。

卷第七

乡音是处不同，惟京师天朝得其正。陆德明作《释音》，韵切亦多浙音。司马温公论九旗之名，与"旃"相近，缓急何以分别。《小雅·庭燎》诗"言观其旂"，《左传》"龙尾伏辰，取虢之旂"，然则此"旂"当为"芹"音耳。关中人言清浊之"清"，不改"清"字；丹青之"青"，则为"萋"音。又以"中"为"蒸"，"虫"为"尘"。不知"旂"本是"芹"音，亦周人语转，如"青"之言"萋"也。五方言若是者多，闽人以"高"为"歌"，荆楚人以"南"为"难"、"荆"为"斤"。文士作歌亦多不悟。真宗朝试《天德清明赋》，有闽士破题云："天道如何，仰之弥高。"考官闽人，遂中选。《古今诗话》。

荆南进士为雪诗，始用"先"字，后云"十二峰峦旋旋添"，以"添"为"天"也。向敏中镇长安，土人不敢卖蒸饼。陈辅之。

余闻英华之事旧矣。岁在庚辰，道出缙云，访其遗迹，得缙云令林毅夫赠《英华诗集》一编。考其年代姓名，乃元丰二年夏五月，县令开封李长卿女也。李有二女，慧性过人，闻诵诗书，皆默记之。姿度不凡，俄染疠疾而逝，殡于邑之仙岩寺三峰阁。李公满罢，因舁以归。宣和庚子，盗起严之青溪，所过焚燎无遗，惟三峰阁独存，主簿以为廨舍。每见女子态貌绰约，彩衣翩跹，啸歌自得。命玉虚羽士奏词，终莫能去。簿遂移于寺之浴堂故址，别创廨宇，遂无所见。代者济南王传庆长兴，与弟传及、内表曹颖偕来，馆曹于厅治之东。未几，曹神气恍惚，若有所凭。一夕，吏散，庭空月明，曹与女罗觞豆，献酬欢洽。严更者黎明告于簿，簿惊愕，力扣曹。曹不可隐，具言有女子每夕扣扃而至，与语皆出尘气象，诘其姓氏，曰："开封李长卿女，秀萼其名，英华其字。父任邑令，随侍而至。偶遇真人，授丹砂，辟谷有年，身轻于羽，蓬莱虽远，一念至则瞬息间耳。若青城、紫府，桃源、天台，吾游息之所也。仙都洼尊，特侨寓尔。知子鳏居，故来相慰。"更唱迭和，殆无虚日。时长至节，传庆休于中堂，空中闻笑语声，王云："汝非英华邪?"挹而问焉,与曹之言无少异。自是形迹不秘,去来不时,窗壁题染,在在可录。王尽室见之,不以为怪。有亲陈观察者,挽之从军,将就道,英华情不忍释,祖于黄龙之僧舍,与诀曰:"妾与子缘断矣。念寓簿舍日,子尝求我辟谷方,岂靳而不与者?但子宿缘寡浅,尘业未偿,非仙举之姿,他时当有兵难,妾岂能终为子保?敬授灵香一瓣,有急请爇以告,当阴有所护,不然,亦无如之何也。"曹公勇为朔方之行,不意获谴麾下,追惟英华之言,欲取所遗香爇之,军行无宿火,卒正法。英华诗百余篇,其警句有《春日述怀》二绝,云:"三月园林丽日长,落花无语送春忙。柳绵不解相思恨,也逐游蜂过短墙。""园林簇簇日晖晖,白蝶黄蜂自在飞。公子醉眠芳草岸,风移花片点春衣。"又云:"醒酒清风摇竹去,催诗小雨过山来。"又:"绿发照波秧正暖,黄云卧陇梦初成。"非诗人所易到也。其诗无凄凉悲怨之词,皆艳丽欢愉之语,殆亦鬼中之仙耶?若言曾生之遇,尤异。余友人曾亨仲,少随表兄陈梦良任岳之嘉鱼尉,秩满,移寓于崔府君祠下,馆曾于东庑。忽一夕,闻窗外异香扑鼻,微吟云:"芳心欲割凭谁诉,惟有清风明月知。"次夜复吟,曾穴窗视之,仿佛有女子过庑下,但见云鬟斜軃,若懒妆之态。是夕忽入,与之遇,力扣其姓氏不告,强绝之,乃云:"妾本府君之女。"又问其年若干,云:"年当二八时。"又问:"何故懒妆?"云:"对妆慵览镜。"又问:"答我一似吟诗?"云:"拈笔爱题诗。"一日,曾往祠下遍阅,无女子像貌,疑是寓居女,恐事觉,欲绝之。女云:"君若见疑,可同往。"乃引至一大府,有童姬百辈候迎于门。延至中堂,茶汤罢,登望月台,罗列殽馔,酒果甚设,酬劝浃洽。台旁有碑,记其岁月,云"无为子撰"。曾问:"无为子是何人?"云:"即妾也。"酒罢,已五鼓,曾携果核归,醉寝,其子侄至,取其果与之,无异人间者。又尝吟云:"欲择纯良婿,须求才学儿。期君终远大,富贵我皆知。"曾云:"何以知之?"云:"吾父掌人间善恶祸福各有簿,吾尝窃视之。"曾遂扣以前程事,云:"遇鸡年即发。"自此每夕寝处如常,但神情颇瘁,其家疑为妖魅所惑,力扣之,乃以实告。郡有孔法师,符法甚灵,乃密以状告。孔为具牒,令就城隍司投之,且云:"今夜若有影兆,见报。"是夕,府君从窗外长叹而过,有数狱卒押其女随后,女举手指曾,数其负约。翌旦,孔咒符与饮,自此遂不至。八月,郡以祠为漕试院,遂移寓南草市,女子复来。自后往来不可禁,唱和诗词盈轴,其家视以为常,亦不复怪。来春,曾欲试上庠,女泣别曰:"与君相从许久,苦留不住。先动必有灾,前途宜自谨。"曾至黄池镇,一夕,被寇席卷而去,曾狼狈而归。至中都,复丁母艰,始验其言。后累举遇鸡年,皆不验。后馆于赵大资德老之门,至癸酉岁,果请浙漕荐,年几七旬矣。女子之言异哉!余谓妖魅之惑人,未有久而不毙者,独二子所遇,不能为之害。曹果死于兵难;曾虽蹭蹬不第,年逾八秩,以寿终。余淳熙甲辰,初识曾于临安郡庠,一日乘其醉扣之,曾悉以告,尝为作传以纪其事矣。亨仲乃郑鉴自明之内表,尝以其事语于伯恭先生,士夫间亦有闻之者。偶读《李英华集》,某以其事正相类,因并录之。

　　温叔皮云:三衢柴翼客沪渎,余谒之,因谈兵火以前,湖南一士人过泗州,有解太素脉者,诊之,云:"公来年有官,然有病也。"士子竦然曰:"当得何病?"曰:"有痈疽病。"士留五日,求为处一方。脉者竟不能为之,乃指京师某人者,俾访之。士子到京,来年,果登第。求诊脉于医,医问:"君所嗜何物?"答曰:"物物皆吃。"医曰:"吃果子否?梨正熟,有某梨者,买二百许,每日食毕,恣啖之。"一两旬,复谒医,医问:"啖多少梨?"答云:"二百许。"医曰:"可喜,今君无事矣。然须生疮。"既而三四日间,遍身患大疮,以药调和其内,寻愈。出京过泗州,见向诊脉者,问:"君得官,又安乐,医以何药疗君病?"答云:"某不病,但生疮尔。"医者诘之,乃以食梨事对。脉者呼其子设香案,望京师而拜,曰:"不可谓世间无人。"乃志其方。盖以梨发散其痈疽之气,变作浑身疮尔。士子及太素脉者,忘其姓名,唯记京师医者,是大马刘家。

　　张文定公年十六发解入京,从汴岸日者问休咎。日者曰:"子来正及时,吾嗜酒,然术甚高。每醉则不能推测,今日偶不饮,当为尽言。"良久,曰:"言之勿怒,子更十年,当以三人及第。又二年当为状元。"文定大怒曰:"三人及第,岂再魁乎!"拂衣而去。是岁下第。后十年,始以茂才异等除校书郎,知昆山县,三人恩例也。又二年,再举贤良方正,除将作监丞,通判睦州,状元恩例也。文定公孙婿曾统云。同上。

　　郑燕公居中达夫,开封人。少游上庠,登舍选。职学事,每休沐,常与郑绅游,绅尝为省直官,官罢,贫不事生产,公每给之。一日,同至相国寺,有日者榜卦肆,一卦万钱,公如其数扣之。日者云:"此命大贵,与蔡太师相类。"究其详,则拾起卦子,不复言矣。行数步许,语郑曰:"汝试令看。"郑笑曰:"我有万钱,即登旗亭痛饮,决不与此曹。"公云:"吾为偿金。"强之往。日者曰:"吾每日只推算一命,要看时,可预录下,来日见访。"二人如期而往,日者默然良久,云:"怪咤!这五行又与孟太尉相类。"公颇不乐而去。盖公少年驰声学校,意气方盛,得日者言益喜,试以郑验其术,何从解贵。然心怀觊望,又语郑曰:"吾二人更各以五千令覆算。"日者不纳。谕以覆看前二命,乃受,曰:"二命皆大贵。先看者,将来与蔡太师同官。后看者却先发,大抵相去不远。"公复问:"何时当贵?"日者曰:"若见雪纷纷下时,却来相谢。"公戏郑曰:"术者道我贵,吾今已升舍,若登甲科,贵亦不难。谓汝贵时,恐无此理。"郑徐答曰:"我亦有少夤缘,但不欲言。"公力诘之,乃曰:"某自丧偶后,有息女甫七岁,无人鞠养,将与中贵为养女,闻尝进入内,性极慧黠,颇得宠遇。恐异时因此进身未可期。某以私告,切勿语人。"公闻之,沾沾自喜,且欲验日者之言,与郑剧饮而归。后复与郑同行,忽遇雪下。公笑曰:"日者言雪下时汝当贵。"郑曰:"今得一杯暖寒足矣,望岂及此?"公因留外馆,流连逾日。忽有快行屡至学,寻问颇急,学藏辈不知公寓处,及归,乃以告。公亦惊讶,未知何事。语未竟,复至,喜曰:"幸得见学士。慈德宫郑押班欲寻其父,遍问莫有知其家者,闻常与学士相过。"公曰:"少顷须至。但贫甚,吾每阙之,更宽两日,为办些衣服方可去。"时公新婚,衾具甚厚,有银盂在侧,持以予之,曰:"谩为酒资,可以此意覆知押班。"快行得之殊过望,悉以其语达,押班甚德之。及郑入见,具言居贫,每藉公阙恤,谊过手足。郑自此有居第,庖供日丰,与公往还,情好愈笃。及徽庙登极,慈德太后以押班赐上,封贤妃。未几,为贵妃,恩宠日盛,六宫无出其右。政和元年册后,以绅为乐平郡王。公初擢第,任真定教官。绍圣初,为太学博士。上即位,迁大宗正丞。崇宁间,自礼部郎召试中书舍人,除知枢密,以后故也。政和三年,再知院。六年,拜少保太宰、兼门下侍郎。蔡儋州再入，正与之同相。日者之言异哉。葛文安公与公之孙为僚婿，尝语余云。

文文安公又言："某自上元丞满罢，除浙东机幕待次。有相士赵襄衣者，谓某曰：'公面有忧色，主服。然便得见任，不待终，更召为学官，历清要，不出国门至宰相。'月余，果丧偶。又数月，报代者事故。到官逾年，刘侍郎孝唯榻前特荐，除太学博士。及为给舍时，赵来见，某令看两府谁先入相，时赵雄为枢密，相士所言皆不验。岂其术偶中，亦有时而差邪。"余后读范蜀公《蒙求》，云张邓公尝谓范公曰："某举进士时，与寇莱公游相国寺，诣一卜肆，卜者曰：'二人皆宰相也。'既出，遇张齐贤、王随，复往卜之。卜者大惊曰：'一日之内而有四人宰相。'四人相顾而笑以退。因是卜者消声，不复有人问之，卒穷饿以死。"其后四人皆如其言。邓公欲为之作传，因循未能。时公已致仕，犹能道其姓名，今余又忘之。

绍兴初，日者韩操、曹谷，皆奇术也。汤丞相进之、史丞相二公微时，尝往扣之。一日，调官中都，复同往。韩偶修屋，无延坐处，其家给云："出去。"韩瞽者，闻其声而诧之，亟呼曰："二相公来，岂可不留坐！"后皆如其言。又刘枢密珙父、吕检详仲发同访之，时二公已京秩为干官，韩云："二命皆改秩。"又指刘后当至枢使，吕为卿监。后刘果为枢密，但非使尔。吕为检详，直显谟阁，终朝议大夫，亦卿监资序。又余同里前辈林金判元祖，省试已迫期，病甚，肩舆往扣之。韩云："今年当第，临试前一日自愈。"是岁果第。余幼年犹及见之，与余言及。曹谷与韩齐名，晚年术多差。曹，丹阳人，有士人初荐，问省试得失，曹不许，云："须至免举年方登第。"果下省。至免举，复扣之，曹又不许。士子曰："公向年许我免举登第，何相反邪？"曹曰："若果是曹谷相许，但以往日之言为据。是时命运通利，所言无不中。今时运不如昔，故亦有时而差尔。"后果第，然则日者之术验否，亦系时运，不专在术邪？

卷第八

　　王钦若乡荐赴阙，张仆射齐贤时为江南漕，以书荐于钱希白易。钱时以才名独步馆阁，适延一术士以考休咎，不容通谒。王局蹐门下，厉声诟阍人，术者遥闻之，谓钱曰："不知何人耶？若声形相称，世无此贵者，但恐形不副声尔。愿延之，使某获见。"希白召之。冀公单微远人，神貌辣瘦，复赘于颈，举止山野，希白蔑视之。术者悚然，侧目谛视。既退，术者稽颡兴叹曰："人中之贵，有此十全者！"钱戏曰："都堂便有此等宰相乎？"术者正色曰："公何言欤！且宰相何时而无，此君不作则已，若作，则天下富盛，而君臣相得，至死有庆而无吊。不完者，但无子而已。"钱戏曰："他日当陶铸吾辈乎？"术者曰："恐不在他日，即日可得，愿公毋忽。"后希白方为翰林学士，冀公已真拜。

　　马尚书亮使淮南，时吕许公为布衣，侍其父罢江外县令，亦至淮甸，上书求见。马公一阅，知其必贵，遂以女妻之。马公知江宁时，陈执中以光禄寺丞经过，马谓曰："寺丞他日必至真宰相。"令其诸子出拜，"愿以老夫之故，他日得预陶铸之末"。曾致尧谏议一日在李侍郎虚己坐上，见晏元献公。公，李之婿也，时方奉礼郎，曾熟视之，曰："他日甚贵，但老夫不及见子为相也。"

　　黄朝美云：风鉴一事，乃昔人甄识人物、拔擢贤才之所急，非市井卜相之流用以贾鬻取赀者。前世郭林宗、裴行俭又考器识以言臧否，余亦粗知大概，尝与富文忠论之。文忠曰："观子之论，多取丰厚，若是，屠儿、怀钰师皆贵矣。"余复思之，大凡相之所先，全在神气与心术，更或丰厚，其福十全。

　　唐人以格律自拘，唯白居易敢易其音于语中。如"照地骐音"佶"。麟袍"，"雪摆胡音"鹘"。腾衫"，"栏干三百六十音"谌"。桥"。晏殊尝评之曰："诗人乘俊语，当如此用字。"故晏公与郑侠诗云："春风不是长来客，主张去声。繁华能几时。"然杜诗如此用字亦多，"将军只数汉嫖姚"，《汉书》音漂鹞，而杜作平声之类。李嘉祐诗云："门临苍茫经年闭,身逐嫖姚几日归。"又张祐诗:"洛水暮天横苍莽,邙山落日露崔嵬。"东坡诗:"峥嵘依绝壁,苍茫瞰奔流。""苍茫"二字,古人用之,皆是平声,而此作仄声。又《石鼻城诗》:"独穿暗月朦胧里,愁渡奔河苍茫间。"亦作仄声。鲁直亦多如此用字。

沈存中《笔谈》云:"治平初,杭州南新县今新城。民家析柿木,中有'上天大国'四字,予亲见之,书法类颜真卿,极有笔力。其木剖偶当'天'字中分,而'天'字不破,上下两画并一脚,皆旁挺出半指许,如木中之节。以两木合之,如合契焉。"是时正中原全盛之时,安知有驻跸临安之事,此正符中兴渡江之兆。偏方之地,谓之"大国",而"天"字不破,乃中兴再纂绍鸿图之谶也,莫非前定。存中但记其字体之异,岂知有后日之事邪。

江南保大中浚秦淮,得石志,案其刻有"大宋乾德四年"凡六字,他皆磨灭不可识。令诸儒参验,乃辅公祐反江东时年号。太祖受命号宋,改元乾德,江左始衰,岂非威灵将及,而符谶先著邪? 又《刘贡父诗话》云:"太祖欲改元,须古来所未有者。宰相以'乾德'为请,且言前代所无。三年正月平蜀,有宫人入掖庭者,太祖因阅其镜,奁背有'乾德四年',大惊曰:'安得四年所制乎?'宰相不能对。陶榖、窦仪奏对曰:'蜀少主曾有此号。'太祖叹曰:'作宰相须是读书人。'"然二公又不知辅公祐已有此号矣。

庆历七年,贝州卒王则叛,参政文彦博请行,仁宗忻然遣之,且曰:"'贝'字加'文'为'败',卿擒贼必矣。"逾月,以捷报闻,诏拜平章事,改"贝"为"恩"。此与真宗幸澶渊,院尉宋捷迎驾,上喜,以为必破虏,其先兆相类。

凤皇穴在南恩州北甘山,壁立千仞,有瀑水淙下,猿狁不能至。凤皇巢其上,彼人呼为凤凰山。所食亦虫鱼,遇大风雨,或飘坠其雏,小者犹如鹤,而足差短,南人或取其觜,谓之凤皇杯。古书凤凰生于丹穴,即南方也。盖此禽独出于尘寰之外,能远罗弋,其智能远害,逢时而出也。本朝常集清远合欢树。

腊茶出于福建,草茶盛于两浙。两浙之品,日铸为上。自景祐已后,洪之双井白芽渐盛。近岁制作尤精,囊红纱不过一二两,以常茶

十数斤养之,用避暑湿之气,其品远出日铸上。鲁直与陈季常帖云:
"双井前所选,乃家园第一。如所论不可解,窃意似南方士人观国尔。
昔有南方一士人,初入都,见县巷燕支铺群婢,即叹息以为燕赵之绝
色;及其游界南北,真见妖丽之姝,遂复寻常尔。岂曩时所见长鹰爪
者,初至县巷者乎?今谩寄数两大爪,然其味乃不甚良也。"自山谷品
题之后,双井之名益著,东坡虽欲臣双井,其可得哉?

东坡云:"唐人煎茶用姜,故薛能诗云:'盐损添常戒,姜宜著更
夸。'据此,则又有用盐者矣。近世有用此二物者,必大笑之。然茶之
中等者,用姜煎,信佳也。盐则不可。"东坡之说如此,不知今吴门、毗
陵、京口煎点茶用盐,其来已久,却不曾有用姜者。风土嗜好,各有
不同。

范文正公《茶》诗云:"黄金碾畔绿尘飞,碧玉瓯中翠涛起。"蔡君
谟谓公曰:"今茶绝品者甚白,翠绿乃下者尔。"欲改为"玉尘飞"、"素
涛起"。君谟之说固然。然今自头纲贡茶之外,次纲者味亦不甚良,
不若正焙茶之真者,已带微绿为佳。近日士夫多重安国茶,以此遗朝
贵,而夸茶不为重矣。唐李泌《茶》诗"旋沫翻成碧玉池",亦以碧色为
贵。今诸郡产茶去处,上品者亦多碧色,又不可以概论。

前辈谓伊川尝见秦少游词"天还知道,和天也瘦"之句,乃曰:"高
高在上,岂可以此渎上帝!"又见晏叔原词"梦魂惯得无拘检,一作"束"。
又踏杨花过谢桥",乃曰:"此鬼语也。"盖少游乃本李长吉"天若有情
天亦老"之意,过于媟渎。少游竟死于贬所,叔原寿亦不永,虽曰有
数,亦口舌劝淫之过。

管宁泛海几覆舟,自言平生一朝科头,三晨晏起,其过在此。今
人有愧于冥冥之中者,其过何止"科头"、"晏起"而已哉?东坡云:"司
马温公有言,'吾无过人者,但平生所为,未尝有不可对人言者尔。'"
《晁氏客语》云:"怕人知事莫萌心。"此与苏子由云"但置一卷历子,日
有所为皆书之"相类。

后唐明宗公卿大僚,皆唐室旧儒。其时进士赞见前辈,各以所
业,止投一卷至两卷,但于诗赋歌篇古调之中,取其最精者投之。行
两卷,号曰"双行",谓之多矣。故桑魏公维翰只行五首赋,李相愚只

行五首诗,便取大名,以至大位,岂必以多为贵哉?裴说补阙只行五言十九首,至来秋复行旧卷,人有讥之者,乃云:"只此十九首苦吟,尚未有见知,何暇别卷哉!"余谓国初尚有唐人之风。赵叔灵,清献之祖也,初举进士,主司先题其警句于贡院壁上,遂擢第。有诗集数十篇,闲雅清淡,不作晚唐体,自成一家。清献漕成都日,宋祁公镇益都,为序其诗。

卷第九

　　夏文庄举制科，对策罢，方出殿门，遇杨徽之，见其年少，遽邀与语，曰："老夫他则不知，唯喜吟咏。愿丐贤良一篇，以卜他日之志。"公欣然援笔曰："殿上衮衣明日月，砚中旗影动龙蛇。纵横礼乐三千字，独对丹墀日未斜。"杨公叹服，曰："真宰相器也。"此《青箱杂记》所载。又《东轩笔录》与此少异，云公举制科对策，廷下有老宦者前揖曰："吾阅人多矣，视贤良他日必贵，求一诗以志今日之事。"因以吴绫手巾展前，公乘兴题曰："帘内衮衣明黼黻，殿中旗旆杂龙蛇。纵横落笔三千字，独对丹墀日未斜。"然不若前诗用字之工。所谓宦者以吴绫手巾求诗，想必有此。至今殿试唱名，宦者例求三名诗，但句语少有工者，诗亦不足重矣。

　　祖宗朝，一时翰苑诸公唱和，有《上李舍人》诗："西掖深沈大帝居，紫微西省掌泥书。天关启钥趋朝后，侍史焚香起草初。"又："黄扉陪汉相，彩笔代尧言。"又《和人见贺》："分班晓入翔鸾阁，直阁旁联浴凤池。彩笔间批五色诏，好风时动万年枝。"又："太□西入凤池边，□阁凌云为起烟。彩笔时批尺一诏，直庐深在九重天。"又《内直》诗："紫泥初熟诏书成，红药翻阶昼影清。屋瓦生烟宫漏永，时闻幽鸟自呼名。"李昉《燕会》诗："衣惹御香拖瑞锦，笔宣皇泽洒春霖。"贾黄中："青纶辉映轻前古，丹地深严隔世尘。"钱若水："日上花梢帘卷后，柳遮铃索雨晴初。"杨徽之："诏出紫泥封去润，朝回莲烛赐来香。"皆灿然有贵气。

　　王元之尝作《三黜赋》以见志，后知制诰，忤时相，出知黄州。苏易简榜下放孙何等进士三百余人，奏曰："禹偁禁林宿儒，累为迁客，臣欲令榜下诸生送于郊。"奏可之。禹偁作诗谢曰："缀行相送我何荣，老鹤乘轩愧谷莺。三入承明不知举，看人门下放诸生。"时交亲循时好恶，不敢私近，独窦元宾执手泣于阁门，公后以诗谢之，曰："惟有南宫窦员外，为余垂泪阁门前。"权德舆不由科第，知贡举三年，门下诸公继为公相，以元之之才不得知贡举，抑命也夫！

前辈论藏书画者多取空名，偶传为钟、王、顾、陆之笔，见者争售，此所谓"耳鉴"。又有观画以手摸之，相传以谓素隐指者为佳画。此又在耳鉴之下，谓之"揣骨听声"。画之妙当以神会，不可以形器求也。此固善于评画者。然余观近代酷收古帖者，无如米元章；识画者，无如唐彦猷。元章广收六朝笔帖，可谓精于书矣，然亦多赝本。东坡跋米所收书云："画地为饼未必似，要令痴儿出馋水。"山谷和云："百家传本略相似，如月行天见诸水。"又云"拙者窃钩辄折趾"，盖讥之也。杨次翁守丹阳，元章过郡留数日。元章好易他人书画，次翁作羹以饭之，曰："今日为君作河豚。"其实他鱼。元章疑而不食，次翁笑曰："公可无疑，此赝本尔。"因以讥之。唐彦猷博学好古，忽一客携黄筌《梨花卧鹊》，于花中敛羽合目，其态逼真。彦猷畜书画最多，取蜀之赵昌、唐之崔彝数名画较之，俱不及。题曰"锦江钓叟笔"，绢色晦淡，酷类唐缣。其弟彦范揭图角绢视之，大笑曰："黄筌唐末人，此乃本朝和买绢印，后人矫为之。"遂还其人。以此观之，真赝岂易辨邪？世之溺于书画者，虽不失为雅好，然亦一癖尔。欧阳公有《牡丹图》，一猫卧其下，人皆莫知。一日，有客见之，曰："此必午时牡丹也。猫眼至午，精细而长，至晚，则大而圆。"此亦善于鉴画者。

欧阳公《石月屏序》云："张景山在虔州时，命治石桥小版，一石中有月形，石色紫而月白，中有树森森然，其文黑，而枝叶老劲，虽世之工于画者不能为，盖奇物也。景山因谪，留以遗予，因令善画工模写以为图，并书以遗苏子美。其月满，西旁微有不满处，正如十三四时。其树横生，一枝外出。皆其实如此，不敢增损，贵可信也。"子美、圣俞皆有诗。余尝于赤岸陈文惠裔孙忠懿家，出示余此屏，自言文忠公所藏之本。其月、树、枝、叶，与公之序无少异，但其图与石屏微不类尔，岂公所谓"世之工于画者不能为"乎？忠懿且求余跋语，余谓：欧公方夸此石："自云每到月满时，石在暗室光出檐。"圣俞则曰："曾无纤毫光，未若灯照席。徒为顽璞一片圆，温润又不如圭璧。"何贬此石之甚邪！虽然，此屏不幸而遇圣俞，亦幸而有圣俞，则此屏可以长宝，而不为好事者夺。岂愿复有欧阳公者，出而见之乎？

　　容斋先生语余云："唐金城冯贽编《云仙散录》，不著出处，皆为伪撰，初无此事。予偶得此本，退而读之，有张曲江语人曰：'学者常想胸次吞云梦，笔头涌若耶溪。量既并包，文亦浩瀚。'殊不知若耶在会稽云门寺前，特一涧水耳，何得言'涌'耶？以此知其伪明矣。观贽自叙之文，乃是近代人文格，亦非唐人之文也。"世有伪作《东坡注杜诗》，内有《遭田父泥饮》篇"欲起时被肘"云："孔文举就里人饮，夜深而归，家人责其迟，曰：'欲命驾，数被肘。'工部造诗要妙，胸中无国子监书者，不可读其书。"此大疏脱处，不知国子监能有几书，亦何尝有此书邪？余谓"笔头涌若耶溪水"与"胸中无国子监书"，可谓的对。后以语容斋，遂共发一笑。

　　伪注《赠王中允维》末句云："穷愁应有作，试诵《白头吟》。"旧注虞卿著《白头吟》，以人情乐新而厌旧，义自明白。伪注乃云："张跋欲娶妾，其妻曰：'子试诵《白头吟》，妾当听之。'跋惭而止。此妇人女子善警戒者也。"是以《白头吟》为文君事，有何干涉？往往特引史传所有之事及东坡已载于笔录者，饰伪乱真，其言又皆鄙缪。近日有刊《东莱家塾诗武库》，如引伪注"苦吟诗瘦"、"翠屏晚对"、"眼前无俗物"、"短发不胜簪"、"日月不相饶"、"独立万端忧"等事，伪作东坡注，不知此何传记邪？世俗浅识辈，又引其注为故事用，岂不误后学哉！所谓《诗武库》者，又伪指为东莱之书也。余后观周少隐《竹溪录》云，东坡煮猪肉诗有"火候足"之句，乃引《云仙录》"火候足"之语以为证。然此亦常语，何必用事？乃知少隐亦误以此书为真，后来引用者亦不足怪。

　　梅词《汉宫春》，人皆以为李汉老作，非也。乃晁叔用赠王逐客之作。王甫为翰林，权直内宿，有宫娥新得幸，仲甫应制赋词云："黄金殿里，烛影双龙戏。劝得官家真个醉，进酒犹呼万岁。　　锦裀舞彻凉州，君恩与整搔头。一夜御前宣唤，六宫多少人愁。"翌旦，宣仁太后闻之，语宰相曰："岂有馆阁儒臣应制作狎词耶？"既而弹章罢。然馆中同僚相约祖饯，及期，无一至者，独叔用一人而已。因作梅词赠别云："无情燕子，怕春寒、轻失花期。"正谓此尔。又云："问玉堂何似，茅舍疏篱。"指翰苑之玉堂。《苕溪丛话》却引唐人诗"白玉堂前一

树梅,今朝忽见数枝开",谓人间之玉堂,盖未知此作也。又"伤心故
人去后,零落清诗",今之歌者,类云"冷落",不知用杜子美《酬高适》
诗:"自从蜀中人日作,不意清诗久零落。"盖"零"字与"泠"字同音,人
但见"泠"字去一点为"冷"字,遂云"冷落",不知出此耳。王仲父,字
明之,自号为"逐客",有《冠卿集》行于世。陆务观云。

　　余尝见《本事曲·鱼游春水》词云:因开汴河,得一碑石刻此词,
以为唐人所作云。"嫩草初抽碧玉簪,绿杨轻拂黄金毯",盖用唐人诗
"杨柳黄金毯,梧桐碧玉枝"。今人不知出处,乃改作"黄金蕊"或"黄
金缕"。又如周美成《西河》词"赏心东畔淮水",今作"伤心"。如此之
类甚多。

　　景德中,夏英公初授馆职,时方早秋,上夕宴后庭,酒酣,遽命中
使诣公索新词。公问上在甚处,云:"在拱宸殿按舞。"公即抒思,立进
《喜迁莺》,曰:"霞散绮,月沈钩,帘卷未央楼。夜深河汉截天流,宫殿
锁清秋。　　瑶阶曙,金茎露,凤髓香和云雾。三千珠翠拥宸游,水
殿按《凉州》。"上大悦。

　　熙宁中,高丽遣使入贡,且求王平甫学士京师题咏。有旨令权知
开封府元厚之内翰钞录以赐。厚之自诣平甫求新著,平甫以诗戏之
曰:"谁使诗仙来凤沼?欲传贾客过鸡林。"

　　王建《宫词》百首,多言唐禁中事,皆史传小说所不载者,往往见
于诗。如"内中数日无呼唤,搨得滕王蛱蝶图"。滕王元婴,高帝子,
新、旧《唐书》皆不著其所能,惟《名画录》略言其善画,不云其工蛱蝶
也。唐世一艺之善,如公孙大娘舞剑器、曹刚琵琶、米嘉荣歌,皆见唐
贤诗句,遂知名于当世。其时山林田亩潜德隐行君子,不闻于世者多
矣,而贱工末技得所附托,乃垂于不朽,盖各有幸不幸也。

　　晏元献公文章擅天下,尤喜为诗,而多称引后进,一时名士往往
出其门。圣俞平生所作诗多矣,然公独称其两联,云"寒鱼犹著底,白
鹭已飞前",又"絮暖鲥鱼繁,豉添莼菜紫"。魏泰尝于圣俞处见公自
书手简,再三称赏此二联,疑而问之,圣俞曰:"此非我之极致,岂公偶
自得意于其间乎。"乃知诗人好恶去取,不可强同也。

　　元献尝问曾明仲云:"刘禹锡诗有'潇西春水縠纹生',此'生'字

作何意?"明仲曰:"作生发之'生'。"晏曰:"非也,作生熟之'生',语乃健。"《宋景文笔记》。

赵龙图师民,名重当世,而文章之外,诗思尤精。如"麦天晨气润,槐夏午阴清",又"晓莺林外千声啭,芳草阶前一尺长",前辈名流所未到也。

卷第十

东坡论柳子厚诗在渊明下，韦苏州上。退之豪放奇险则过之，而温丽清深则不及也。所贵于枯淡者，谓其外枯而中膏，似淡而实美，渊明、子厚之类是也。若中边皆枯淡，亦何足道。譬如食蜜，中边皆甜。人食五味，知其甘苦者，皆是；能分别其中边者，百无一也。周少隐云：诗人多喜效渊明体者，非不多，但使渊明愧其雄丽耳。韦苏州诗云："霜露悴百草，时菊独妍华。物性有如此，寒暑其奈何。掇英泛浊醪，日夕会田家。尽醉茅檐下，一生岂在多。"非惟语似，而意亦大似。故东坡论柳子厚诗晚年极似陶渊明，知诗病者也。诗之用事，当以故为新，以俗为雅，好奇务新，乃诗之病。子厚南迁后诗："秋气集南涧，独游亭午时。"清深纡余，大率类此。故谓子厚诗在渊明下，苏州上。山谷书柳子厚诗数篇与王观复，欲知子厚如此学渊明，乃能近之耳。如白乐天自云效渊明数十篇，终不近也。

沈存中云："馆阁每夜轮校官一人直宿，如有故不宿，则虚其夜，谓之'豁宿'。故事，豁宿不得过四，遇豁宿，历名下书'肠肚不安，免宿'。故馆阁宿历，相传谓之'害肚历'。"余为太学诸生，请假出宿，前廊置一簿，书云"感风"，则"害肚历"可对"感风簿"。

余弱冠客会稽，游许氏园，见壁间有陆放翁题词，云："红酥手，黄縢酒，满城春色宫墙柳。东风恶，欢情薄。一怀愁绪，几年离索。错！错！错！　　春如旧，人空瘦，泪痕红浥鲛绡透。桃花落，闲池阁。山盟虽在，锦书难托。莫！莫！莫！"笔势飘逸，书于沈氏园，辛未三月题。放翁先室内琴瑟甚和，然不当母夫人意，因出之。夫妇之情，实不忍离。后适南班士名某，家有园馆之胜。务观一日至园中，去妇闻之，遣遗黄封酒果馔，通殷勤。公感其情，为赋此词。其妇见而和之，有"世情薄，人情恶"之句，惜不得其全阕。未几，怏怏而卒，闻者为之怆然。此园后更许氏。淳熙间，其壁犹存，好事者以竹木来护之，今不复有矣。公官南昌日，代还，有赠别词云："雨断西山晚照明，悄无人、幽梦自惊。说道去多时也，到如今、真个是行。　　　远山已是无心画，小楼空、斜掩绣屏。你嚛早收心呵，趁刘郎、双鬓未星。"又闲居三山日，方务德帅绍兴，携妓访之。公有词云："三山山下闲居士，巾履萧然，小醉闲眠，风引飞花落钓船。"二词并不载于集。南渡初，南班宗子寓居会稽为近属，士家最盛，园亭甲于浙东，一时坐客皆骚人墨客，陆子逸实预焉。士有侍姬盼盼者，色艺殊绝，公每属意焉。一日宴客，偶睡，不预捧觞之列，陆因问之，士即呼至，其枕痕犹在脸，公为赋《瑞鹤仙》，有"脸霞红印枕"之句，一时盛传之，逮今为雅唱。后盼盼亦归陆氏。二陆兄弟，俱有时名，子逸词胜，而诗不及其弟。

秦埙以状元及第，李文肃公邴贺秦相："一经教子，素钦丞相之贤；累月笞儿，敢起邻翁之羡。"秦甚喜。浮溪贺启："三年而奉诏策，固南宫进士之所同；一举而首儒科，乃东阁郎君之未有。虽迫于典故，姑令王勃以居前；而结此眷知，行见鲁公之拜后。"或以为讥刺，用是得谤。文肃贺除太师启云："推赤心于腹中，君既同于光武；有大勋于天下，相自比于姬公。"秦以为讥己，答云："君既同于光武，仰归美报上之诚；相自比于姬公，其敢犯贪天之戒？"文肃得之，不能不恐，然亦终不加害也。

徐渊子贺谢相深甫二子登科启云："三槐正位，人瞻衮绣之荣；双桂联芳，天发阶庭之秀。出则告辰猷于虎拜稽手之际，入则训义方于鲤趋过庭之时。沧海珠胎，发为朝采；蓝田玉种，积有夜光。"又云："虽官爵乃公家之自有，而世科岂人力之能为。"谢以为讥己，亦不乐之。

本朝状元多同岁，但数问术者无从晓之尔。徐爽、梁固，皆生于乙酉。王曾、张师德，皆生于戊寅。吕溱、杨寘，皆生于甲寅。贾黯、郑獬，皆生于壬戌。彭汝砺、许安世，皆生于辛巳。陈尧佐、王整，皆生于庚午。

翰林王公洙，修撰钱公延年，俱以丁酉八月丑时生。王十九日，钱二十日。钱以嘉祐二年六月卒，时王公已病。或谓王公起于寒素，早岁蹇剥，庶可以免灾。侍郎掌公曰："钱虽少年荣进，晚节滞留；王虽早岁奇蹇，晚节迁擢。长短比折，祸福适均。"王公竟不起。王端明

素、卢太尉政，俱以丁未八月二十四日辰时生，而王出于贵胄，卢起于
军伍；王卒于边藩，卢薨于殿帅。事皆略同，亦可怪也。但卢之寿考
有过于王，得非以少年微贱耶？《青箱杂记》。

　　刘贡父、王介同为考试官，因忿争，介以恶语侵攽，攽不与较，遂
皆赎金。中丞吕公著意不乐攽，以为议罪太轻，遂夺主判。攽谢表
曰："弝弩射市，薄命难逃；飘瓦在前，忮心不校。"又曰："在矢人之术，
惟恐不伤；而田主之牛，夺之已甚。"然《左传》"蹊人之田，而夺之牛"，
本无"主"字。语又俗。"惟恐不伤"是全句，"已甚"字外来。盍云"在
伤人之矢，惟恐不深；而蹊田之牛，夺之已甚"，方停匀。贡父工于四
六者，岂不知？盖出于一时之愤气，不暇精思尔。熙宁初，张扶侍郎
以二府初成，以诗贺王介甫，公和曰："功谢萧规惭汉第，恩从隗始说
燕台。"陆农师曰："萧规曹随，高帝论功，萧何第一。而请从隗始，初
无'恩'字。"公笑曰："韩退之斗鸡联句，'感恩隗始'，若无据，岂当对
'功'字？"观此，则二公之文章，优劣可知矣。

　　唐刘邺，特赐进士第，韦岫贺之曰："三十浮名，每科皆有；九重知
己，旷代所无。"

　　进士褚载投贽于苏威侍郎，有数字犯讳，谢启曰："曹兴之图画虽
精，终惭误点；殷浩之竞持太过，翻达空函。"

　　《国史补》云："元和之后，文章学奇于韩愈，学涩于樊宗师；歌行
则学矫激于孟郊，学浅于白居易，学淫靡于元稹，俱名'元和体'。大
抵天宝之风尚党，大历之风尚浮，贞元之风尚荡，元和之风尚怪也。"

　　鲁直书王元之《竹楼记》后："或传云王荆公称《竹楼记》胜欧阳公
《醉翁亭记》。或曰此非荆公之言也。某谓出此言未失。荆公评文章
常先体制而后论文之工拙。盖尝观子瞻《醉白堂记》，戏曰：'文词虽
极工，然不是《醉白堂记》，乃是韩白优劣论耳。'以此考之，优《竹楼》
而劣《醉翁记》，是荆言无疑也。"

　　东坡云："永叔作《醉翁亭记》，其辞玩易，盖戏云耳，又不自以为
奇特也。而妄庸者乃作永叔语，云'平生为此文最得意'，又云'吾不
能为退之《画记》，退之亦不能为吾《醉翁亭记》'。"此又大妄也。陈后
山云："退之作记，记其事尔。今之记，乃论也。"少游谓《醉翁亭记》亦

用赋体。余谓文忠公此记之作,语意新奇,一时脍炙人口,莫不传诵。盖用杜牧《阿房赋》体,游戏于文者也。但以记其名醉为号耳。富文忠公尝寄公诗,云:"滁州太守文章公,谪官来此称醉翁。醉翁醉道不醉酒,陶然岂有迁客容。公年四十号翁早,有德亦与耆年同。"又云:"意古直出茫昧始,气豪一吐闻阊阖风。"盖谓公寓意于此,故以为"出茫昧始",前此未有此作也。不然,公岂不知记体耶。观二公之论,则优《竹楼》而劣《醉翁亭记》必非荆公之言也。

刘昌言,太宗时为起居郎,善捭阖以迎主意。未几,以谏议知密院。一旦,上眷忽解,曰:"刘某奏对,皆操南音,朕理会一字不得。"虽是君臣隆替有限,亦是捭阖之术穷矣。

王嗣宗,太祖时以魁甲登第,多历外郡,晚方入朝。真宗时,为副枢,以老辞位,真宗遽止之。嗣宗曰:"臣力不任矣,但恨天眼迟开二十年。"

蔡忠怀公持正为某州司理日,韩康公宣抚陕右河东,道出其境,太守具宴,委蔡撰乐语口号,一联云:"文价早归唐吏部,将坛今拜汉淮阴。"康公极喜,请相见。观其人物高爽,议论不凡,谓群将曰:"蔡司理非池中物。"因相与荐之改秩,已而荐与弟持国。时持国知开封府,初置八厢,乃辟为都厢。暇日相见,颇加礼接,后已举为府曹。持国既入翰苑,刘彦尹京,趋上幕府阶墀,持正独否,刘大怒,奏闻得旨取勘。持正不答,乞移棘寺,乃供状云:"京朝官著令无阶墀,盖太宗、真宗为牧时讲此礼。今辇毂之下,比肩事主,虽故事不可用,而开封府尚仍旧例,未当。"大理卿求对,特袖蔡所供呈奏。裕陵喜曰:"蔡确知典故,何得作幕府?可除馆职。"到馆,复进《百官图》,识者云:"此生看看待作宰相。"久之果然。故元祐新州之贬,程颢有忧色,盖忧其已甚也。

熙宁六年,有司言:"日当食四月朔。"上为彻膳避殿。一夕微雨,明日不见日食。是日,有皇子之庆,百官入贺。蔡持正为枢副,献诗前四句曰:"昨日薰风入舜韶,君王未御正衙朝。阳辉已得前星助,阴沴潜随夜雨消。"其叙四月一日避殿,皇子庆诞,云阴,不见日食,四句尽之,当时无能过之者。

历代笔记小说大观总目

汉魏六朝

西京杂记（外五种） ［汉］刘歆 等撰　王根林 校点

博物志（外七种） ［晋］张华 等撰　王根林 等校点

拾遗记（外三种） ［前秦］王嘉 等撰　王根林 等校点

搜神记·搜神后记 ［晋］干宝 陶潜 撰　曹光甫 王根林 校点

世说新语 ［南朝宋］刘义庆 撰　［梁］刘孝标注　王根林 标点

唐五代

朝野佥载·云溪友议 ［唐］张鷟 范摅 撰　恒鹤 阳羡生 校点

教坊记（外七种） ［唐］崔令钦 等撰　曹中孚 等校点

大唐新语（外五种） ［唐］刘肃 等撰　恒鹤 等校点

玄怪录·续玄怪录 ［唐］牛僧孺 李复言 撰　田松青 校点

次柳氏旧闻（外七种） ［唐］李德裕 等撰　丁如明 等校点

酉阳杂俎 ［唐］段成式 撰　曹中孚 校点

宣室志·裴铏传奇 ［唐］张读 裴铏 撰　萧逸 田松青 校点

唐摭言 ［五代］王定保 撰　阳羡生 校点

开元天宝遗事（外七种） ［五代］王仁裕 等撰　丁如明 等校点

北梦琐言 ［五代］孙光宪 撰　林艾园 校点

宋元

清异录·江淮异人录 ［宋］陶穀 吴淑 撰　孔一 校点

稽神录·睽车志 ［宋］徐铉 郭彖 撰　傅成 李梦生 校点

困学纪闻　［宋］王应麟 撰　栾保群 田松青 校点

齐东野语　［宋］周密 撰　黄益元 校点

癸辛杂识　［宋］周密 撰　王根林 校点

归潜志·乐郊私语　［金］刘祁　［元］姚桐寿 撰　黄益元 李梦生
　　校点

山居新语·至正直记　［元］杨瑀 孔齐 撰　李梦生 庄葳 郭群一
　　校点

南村辍耕录　［元］陶宗仪 撰　李梦生 校点

明代

草木子(外三种)　［明］叶子奇 等撰　吴东昆 等校点

双槐岁钞　［明］黄瑜 撰　王岚 校点

菽园杂记　［明］陆容 撰　李健莉 校点

庚巳编·今言类编　［明］陆粲 郑晓 撰　马镛 杨晓波 校点

四友斋丛说　［明］何良俊 撰　李剑雄 校点

客座赘语　［明］顾起元 撰　孔一 校点

五杂组　［明］谢肇淛 撰　傅成 校点

万历野获编　［明］沈德符 撰　杨万里 校点

涌幢小品　［明］朱国祯 撰　王根林 校点

清代

筠廊偶笔 二笔·在园杂志　［清］宋荦 刘廷玑 撰　蒋文仙 吴法源
　　校点

虞初新志　［清］张潮 辑　王根林 校点

坚瓠集　［清］褚人获 辑撰　李梦生 校点

柳南随笔 续笔　［清］王应奎 撰　以柔 校点

子不语　［清］袁枚 撰　申孟 甘林 校点

阅微草堂笔记　［清］纪昀 撰　汪贤度 校点

茶余客话　［清］阮葵生 撰　李保民 校点